N° 28.
10 Centimes
la livraison.

2 *Livraisons à* 10 *Cent. par Semaine.*

N° 1.
60 Cent. la Série
de 6 *livraisons.*

COLLECTION DES

ROMANS POUR TOUS

SERA COMPLET EN 6 LIVRAISONS A 10 CENTIMES.

PARIS
DEGORCE-CADOT, ÉDITEUR, 70 *bis*, RUE BONAPARTE

BIBLIOTHÈQUE DES BONS ROMANS ILLUSTRÉS

Format grand in-4° par livraisons séparées à 60 centimes la série.

N. B. — Les mêmes ouvrages peuvent être demandés **RÉUNIS EN UNE SEULE BROCHURE.**

fr. c.

MADAME V. ANCELOT.

- Laure, 2 séries … 1 20
- La Fille d'une joueuse, 2 séries … 1 20

ANONYME.

- Mémoires secrets du duc de Roquelaure, 8 séries.
  - 1re et 2e série brochées ensemble. } 4 80
  - 3e et 4e — — — … }
  - 5e et 6e — — — … }
  - 7e et 8e — — — … }

BERNARDIN DE SAINT-PIERRE.

- Paul et Virginie, 1 série … » 60
- La Chaumière Indienne, 1 série … » 60

ERNEST BILLAUDEL.

- Un Mariage légendaire, 1 série … » 60
- Une Femme fatale, 1 série … » 60
- Les Vengeurs de Lorraine, 2 séries … 1 20

JULES BOULABERT.

- La Femme du Bandit, 6 séries … 3 60
- Le Fils du Supplicié, 3 séries … 1 80
- La Fille du Pilote, 5 séries … 3 »
- Les Catacombes sous la Terreur, 3 sér. 1 80
- Les Amants de la Baronne, 3 séries … 1 80
- Luxure et Chasteté, 2 séries … 1 20

BOULABERT ET PHILIPP ROLLA.

- La Franc-Maçonnerie des voleurs … 1 80

ÉLIE BERTHET.

- L'Oiseau du désert … 1 20
- Paul Duvert, 1 série … » 60
- L'Incendiaire, 1 série … » 60
- Le Val-d'Andorre, 1 série … » 60

ERNEST CAPENDU.

- Mademoiselle la Ruine, 3 séries … 1 80
- Le Pré Catelan, 2 séries … 1 20
- Capitaine Lachesnaye, 3 séries … 1 80
- Grotte d'Étretat, 3 séries … 1 80

JULES CAUVAIN.

- Le Voleur de Diadème … 1 80

CHARDALL.

- Trois Amours d'Anne d'Autriche, 2 s. 1 20
- Capitaine Dix, 2 séries … 1 20
- Le Bâtard du Roi, 2 séries … 1 20
- Les Jarretières de madame de Pompadour, 2 séries … 1 20
- Les Vautours de Paris, 3 séries … 1 80

CHATEAUBRIAND.

- Les Natchez, 4 séries … 2 40
- Atala, 1 série … » 60
- René, le dernier des Abencérages, 1 série … » 60
- Les Martyrs, 3 séries … 1 80
- Le Paradis perdu, 2 séries … 1 20
- Itinéraire de Paris à Jérusalem, 3 séries 1 80

CHARLES DESLYS.

- Le Canal Saint-Martin, 3 séries … 1 80
- L'Aveugle de Bagnolet, 1 série … » 60
- Le Mesnil-aux-Bois … » 60
- Les Compagnons de minuit, 2 séries 1 20
- La Marchande de plaisirs, 1 série … » 60
- La Jarretière rose, 1 série … » 60

FABRE D'OLIVET.

- Le Chien de Jean de Nivelle, 2 séries 1 20

PAUL DUPLESSIS.

- Les Boucaniers, 5 séries … 3 »
- Maurevert l'Aventurier, 4 séries … 2 40
- Les Étapes d'un Volontaire, 5 séries … 3 »
- Le Batteur d'Estrade, 5 séries … 3 »

DULAURE.

- Les Deux Invasions (1814-1815), avec préface de JULES CLARETIE, 4 doubles séries à 1 20 … 4 80
- Le Crime d'Avignon, 1 série … » 60
- Les Tueurs du Midi … » 60
- Les Jumeaux de la Réole, 2 séries … 1 20
- L'Assassinat de Rodez (affaire Fualdès), 1 série … » 60

OCTAVE FÉRÉ.

- La Bergère d'Ivry, 3 séries … 1 80

MARQUIS DE FOUDRAS.

- La Comtesse Alvinzi, 2 séries … 1 20

A. DE GONDRECOURT.

- Les Péchés Mignons, 4 séries … 2 40
- Les Jaloux, 3 séries … 1 80
- Mademoiselle de Cardonne, 2 séries … 1 20

LABOURIEU.

- L'Ouvrier Gentilhomme, 2 séries … 1 20

GUSTAVE DE LA LANDELLE.

- Les Géants de la mer, 4 séries … 2 40
- Reine du Bord, 3 séries … 1 80
- Une Haine à bord, 2 séries … 1 20

HENRY DE KOCK.

- La Tigresse, 2 séries … 1 20
- L'Amant de Lucette, 1 série … » 60
- Le Médecin des Voleurs, 4 séries … 2 40
- Les Baisers maudits, 1 série … » 60
- Ni Fille, ni Femme, ni Veuve, 1 série. » 60
- Le Démon de l'alcôve, 1 série … » 60
- La Fille à son Père, 1 série … » 60
- Les Mystères du village, 2 séries … 1 20

XAVIER DE MONTÉPIN.

- La Perle du Palais-Royal, 3 séries … 1 80
- Les Viveurs de province, 4 séries … 2 40
- Le Loup Noir, 1 série … » 60
- Les Amours d'un fou, 2 séries … 1 20
- Les Chevaliers du lansquenet, 7 séries. 4 20
- La Sirène, 1 série … » 60

ALEXIS MEUNIER.

- Le Comte de Soissons, 2 séries … 1 20

MÉRY.

- Un Carnaval à Paris, 2 séries … 1 20

LE P. MAIMBOURG.

- Les Croisades, 4 doubles séries à 1 20. 4 80

GABRIEL PELIN.

- Le Pendu de Mazas, 1 série … » 60

MAXIMILIEN PERRIN.

- Le Bambocheur, 2 séries … 1 20

LOUIS NOIR.

- Jean qui tue, 4 séries … 2 40
- Jean Chacal, 2 séries … 1 20
- Les Goëlands de l'Iroise, 3 séries … 1 80
- La Folle de Quiberon, 3 séries … 1 80
- Grands Jours de l'armée d'Afrique, 3 séries … 1 80
- Campagnes de Crimée, 6 séries à 1 fr. 6 »
- Campagnes d'Italie, 3 séries à 1 fr… 3 »

VICTOR PERCEVAL.

- La plus Laide des Sept, 2 séries … 1 20

ROLLA (UN OFFICIER D'ÉTAT-MAJOR).

- Crimes et Folies de l'année terrible, 2 doubles séries à 1 fr. 20 … 2 40

ROLAND BAUCHERY.

- Les Bohémiens de Paris, 3 séries … 1 80

JULES DE RIEUX.

- Ces Messieurs et ces Dames, 2 séries … 1 20

ROUQUETTE.

- Ce que coûtent les Femmes … 1 20

ROUQUETTE ET MORET.

- Le Médecin des Femmes, 3 séries … 1 80

ROUQUETTE ET FOURGEAUD.

- Les Drames de l'Amour, 2 séries …

LE TASSE.

- La Jérusalem délivrée, 3 séries … 1 80

DE VADALLE.

- L'Homicide d'Auteuil, 3 séries … 1 80

VIDOCQ.

- Les vrais Mystères de Paris, 4 séries. 2 40

SUR DEMANDE AFFRANCHIE

Le *Catalogue général* de la librairie DEGORCE-CADOT est envoyé *franco*.

Ce n'est point sous les toits en face de nous, mais au troisième. (Page 10.)

NI FILLE, NI FEMME, NI VEUVE

PAR HENRY DE KOCK

RENCONTRES

C'était un matin du mois de septembre de l'année dernière; onze heures sonnaient à l'horloge de la gare du chemin de fer de l'Ouest, à Paris, quand ils se rencontrèrent sur les marches du grand escalier de ladite gare.

L'un descendait, l'autre montait. En passant, celui-ci heurta, accidentellement, du sac de nuit qu'il tenait à la main, le sac de nuit que celui-là portait sous son bras.

Ils se regardèrent.

— Pascal!

— Christian!

Et ils restèrent une seconde immobiles en face l'un de l'autre, au milieu des degrés, sous l'impression commune d'une surprise qui n'avait rien que d'agréable, à en juger par l'épanouissement instantané de leurs traits.

Enfin, Pascal:

— Vous revenez donc à Paris?

— J'y reviens sans y revenir, répliqua Christian en souriant, c'est-à-dire que j'y reviens pour y passer un mois ou deux... mais non pour y planter de nouveau ma tente.

— Ah! ah! des vacances que nous nous donnons, tout simplement?

— Tout simplement!

— Alors, nous n'avons pas encore assez du commerce et de la province?

— Nous avons si peu assez de la province et du commerce, ami Pascal, que les vacances en question seront probablement les dernières que nous nous permettrons, avant de devenir le chef de la manufacture de toile à voiles Le Guern et Cie, de Château-Giron, et le mari de mademoiselle Edmée Lamorère, de Rennes.

— Grand ciel! chef de manufacture et marié, du même coup! En effet, mon pauvre Christian, vous voilà bien perdu pour la vie parisienne!

— Me plaignez-vous vraiment si fort?

— Non! je plaisante, mon ami!... Avec cela qu'elle est si joviale et, partant, si regrettable, la vie parisienne! Peuh!... D'ailleurs vous l'avez pratiquée; vous savez donc, par vous-même, ce qu'en vaut l'aune.

— Une expérience qui m'a coûté deux cent cinquante mille francs.

— Deux cent cinquante mille francs!... Dire qu'il y a des gens, sur cette terre, qui ont mangé deux cent cinquante mille francs!... En combien de temps?

— Trois ans.

— Trois ans!... Soit plus de quatre-vingt mille francs par an!... A la bonne heure! cela s'appelle faire sauter les écus, cela!... Mais nous babillons, perchés sur cet escalier... Êtes-vous pressé, Christian?

— Du tout.

— Où allez-vous de ce pas?

— Prendre une voiture et me faire conduire à l'hôtel de Bretagne, rue d'Hauteville, où j'ai donné ordre qu'on expédiât mes malles.

— Eh bien, vos malles vous attendront... causons quelques instants encore dans un café en prenant n'importe quoi.

— Volontiers. Mais vous-même, vous vous disposez à partir en voyage, ce me semble?

— Oh! un petit voyage! un voyage pour rire! Et quand je dis pour rire... merci... non, je ne ris guère là où je vais!... Mais il le faut! Les dieux... et les huissiers l'ordonnent!... Enfin j'arriverai toujours assez tôt à Versailles!... Oh! Versailles! rien qu'en posant le pied sur le pavé moussu de ses rues, j'ai le cœur et le cerveau serrés comme si j'entrais dans un bagne! Et c'est un bagne en effet que Versailles... le plus terrible des bagnes... où l'on traîne après soi le plus terrible des boulets: l'ennui!

— Que prenons-nous?

— Ce que vous voudrez. Mais une réflexion: je n'ai pas déjeuné, ni vous non plus, sans doute. Si...

— Non! non!... Mazette! je me connais! Si je déjeunais, je n'irais plus à Versailles! On ne va plus à Versailles, quand on a déjeuné, mon cher!... Nous festinerons un autre jour. Maintenant... — Garçon, deux grogs. — Le grog ne vous répugne pas, Christian? Moi, je lui préférerais une goutte d'absinthe, mais depuis quelques jours, je souffre trop... je suis obligé d'être sage.

— Vous souffrez? d'où cela?

— De l'estomac, parbleu! Toujours. Vous ne vous rappelez pas? lorsque nous nous voyions tous les jours, il y a quatre ans... — car voilà quatre ans que vous avez quitté Paris, hein?

— Quatre ans!

— Et que nous nous livrions, en collaboration, à des essais de drames et de vaudevilles... qui n'aboutissaient jamais qu'à l'en-tête de la première scène... eh! eh!... «Scène Ire.» Et puis nous nous arrêtions là!...

— Heureusement pour nous et pour le public.

— Heureusement? pourquoi? Sur vingt pièces représentées tous les soirs aujourd'hui, il y en a dix-neuf qui ne vont pas à la cheville de celles que nous rêvions jadis, mon cher! Et nous avons ce mérite, au moins, nous, de nous être contentés de rêver les palmes dramatiques, sans avoir jamais couru après! — Bref, il y a quatre ans j'étais menacé déjà d'une gastralgie.

— C'est juste! je m'en souviens maintenant.

— Eh bien, la gastralgie présagée est venue... oh! elle est venue, la gastralgie! Un bijou de maladie qui vous torture, qui vous crispe, en vous rendant, par moments, aimable, oh! mais aimable à ne pas toucher avec des pincettes! Et c'est justement parce que je suis empoigné par mon mal, depuis avant-hier, que j'ai eu l'idée de me rendre ce matin à Versailles, chez mon oncle, tenez. J'exècre Versailles, je m'ennuie affreusement chez mon oncle... or, la gastralgie aidant, je me promets là-bas deux ou trois jours d'une petite existence!... Si je n'en crève pas, c'est que j'aurai l'âme chevillée au corps, eh! eh!

***

Pascal Mignot riait d'un rire nerveux, forcé... d'un de ces rires qui n'ont certes pas, ceux-là, le don d'être communicatifs...

Et cela est si vrai qu'assis en face de lui, à une table de café, — le premier café qui s'était offert à leurs yeux, à droite de la gare en arrivant par la place du Havre, — Christian Le Guern, au lieu de partager la gaieté de son compagnon, paraissait au contraire l'étudier avec moins de curiosité encore que de chagrin.

Et avant de vous donner la suite d'un entretien destiné à vous éclairer sur la situation respective de personnages — dont un surtout est appelé à jouer un rôle important dans cette histoire, — permettez-moi, lecteur, de vous esquisser rapidement le portrait de chacun d'eux.

Christian Le Guern avait une trentaine d'années. Il était grand, mince, élégant d'allures et de manières. Sa figure était belle, aimable, intelligente.

Pascal Mignot avait trente-cinq ans. Il était petit, gros et laid, très-laid même. Un teint jaune, bilieux; des traits tourmentés, et comme tourmentés de se sentir réunis en n'ayant pas été faits les uns pour les autres... — On en rencontre beaucoup de ces têtes-là; des têtes manquées, je suppose. Un nez trop long pour un front trop bas; des yeux trop petits pour des sourcils trop accusés; une bouche aux lèvres trop minces pour un menton trop rond...

Somme toute, une physionomie aussi intelligente que la physionomie de Pascal Mignot; mais d'une intelligence toute différente de celle de Christian Le Guern. Chez Pascal il y avait peut-être beaucoup d'esprit, mais il n'y avait que de l'esprit. En outre de l'esprit, chez Christian, il y avait du cœur...

***

Un silence avait suivi les paroles de Pascal, silence employé par ce dernier à confectionner son grog, par Christian, à rouler une cigarette.

— Et que faites-vous maintenant, Pascal? dit Christian.

Pascal considéra son interlocuteur en face comme pour s'assurer que c'était bien à lui que s'adressait cette question.

Et Christian ne se méprit pas sur le sens quasi railleur, quasi étonné de cette mimique, car il poursuivit aussitôt:

— Oui, oui, oh! je sais que vous êtes un des rédacteurs, les plus en renom, de trois ou quatre journaux, les mieux posés de Paris... chroniqueur ou *courriériste* ou critique dramatique là! Oh! pour m'être retiré à Rennes, dans la toile à voiles et la vie de famille, je ne suis pas encore si complétement indifférent aux belles choses de ce monde que je ne lise souvent ce que vous écrivez!...

Christian raillait à son tour; un prêté pour un rendu; aussi Pascal ne s'en fâcha-t-il point, loin de là.

— Mon Dieu oui, repartit-il, avec un sérieux comique, je suis, pour le quart d'heure, un des hommes du journalisme. On se dispute mes articles... on s'arrache ma prose!

— Ce qui signifie — et c'est là ce dont je m'informais — que vous gagnez beaucoup d'argent... par conséquent que vous êtes content?

Pascal haussa les épaules.

— Qu'est-ce, selon vous, que gagner beaucoup d'argent, Christian?

— Dame!

— Il n'y a pas de : « dame! » Précisons!

— Précisons, précisons! Selon moi, gagner beaucoup d'argent, pour un homme de lettres...

— Ah! voilà! pour un homme de lettres! C'est-à-dire, à votre sens, que ce qui ne boucherait pas la dent creuse d'un commerçant, comme vous, doit suffire et amplement à un écrivassier comme moi! Eh bien, c'est ce qui vous abuse, mon cher. L'écrivassier gagne, bon an mal an, de quoi rendre envieux les trois quarts de ses confrères, — une vingtaine de mille livres, — et il n'en est pas plus riche pour cela!...

« Il est si peu riche, que... »

— Que?...

— Bah! à quel propos vous initier aux petites misères de mon intérieur; j'aurais l'air d'avoir envie de vous emprunter de l'argent!

— Et quand vous auriez cette envie? Je débarque à Paris la bourse pleine, archipleine...— vous concevez que, pour les derniers jours de ma vie de garçon, je n'ai pas l'intention de me mettre à la portion congrue? — Ne vous gênez donc point, mon cher Pascal, si vous avez besoin de...

— Non! non! Oh! je n'ignore pas que vous êtes une cordiale et généreuse nature, Christian! Je n'ai pas oublié non plus que le service que vous offrez de me rendre aujourd'hui... je l'ai accepté vingt fois autrefois...

« Et, de votre côté, vous reconnaîtrez, je pense, que ces marques d'affection, dont j'ai été jadis l'objet de votre part, ne m'ont pas trouvé ingrat. Je vous ai toujours scrupuleusement restitué l'argent que vous m'avez prêté. »

— Et qui vous parle du passé? Il s'agit du présent. Voyons, qu'allez-vous faire chez votre oncle à Versailles? Chercher de l'argent?

— Chercher, oui... ce qui ne signifie pas que j'y en trouverai! Depuis quelque temps, mon scélérat d'oncle devient d'un roide avec moi!... Et il m'en faut pourtant de l'argent! Ah! il m'en faut!

— Combien?

— Cela ne vous regarde pas. — On a saisi hier à mon domicile.

— Saisi!...

— C'est comme j'ai l'honneur de vous le dire.

— Et vous n'avez pas pu demander... à la caisse des différents journaux où vous travaillez...

— Peuh!... la caisse! Brûlé, brûlé jusqu'à la moelle, mon pauvre ami, dans les caisses des journaux où je travaille! Ah! bien, merci! je dois plus d'un an de copie à chacune d'elles! C'est au point que les caissiers s'évanouissent rien qu'en m'apercevant!

— Et comment, gagnant une vingtaine de mille francs par an...

— En mangé-je trente mille? ce n'est pas moi qui mange, Christian, c'est la dame de pique...

— Ah!...

— Vous y êtes? Hélas! c'est ainsi. La faute à ce péché mignon qui me possédait, Dieu me damne! avant que je possédasse un rouge liard, et qui, depuis que je roule sur les louis, s'est développé en moi d'une manière effrayante!

« Mais que voulez-vous? La table m'est interdite, j'aime médiocrement les femmes! J'aime le jeu. Il faut bien aimer quelque chose de mauvais en ce monde! »

— Et le chiffre de la dette pour laquelle on vous poursuit?

— Cela ne vous regarde pas! — Et notez que je suis très-vexé qu'on vende mes meubles... non par attachement pour ces morceaux de chêne ou d'acajou... mais parce que cela va me forcer à me nicher je ne sais où... et que je me plaisais beaucoup dans le petit appartement que j'occupe rue Saint-Georges.

« Tiens! une idée! Si j'allais me loger à l'hôtel de Bretagne avec vous? »

— Vous êtes fou!

— Pas si fou! on est très-bien dans un hôtel!...

— Pour un mois ou deux, c'est possible... et encore!...

— Vous n'aimez pas les hôtels, vous, Christian!

— Ma foi, non!

— Alors, une autre idée... lumineuse, celle-là! J'accepte la proposition que vous brûlez du désir de me développer. On me poursuit pour cinq cents francs...

— Cinq cents francs!... Vous vous laissez poursuivre pour cinq cents francs!

— Je me laisse! il est charmant, ce fabricant de toile à voiles! Puisque personne ne veut plus me prêter un sou et que, depuis quinze jours au baccarat, la fortune cruelle s'obstine à me tourner le dos!...

— Enfin, il vous faut cinq cents francs, les voici.

— Attendez donc... oh! attendez!... — Et, d'abord, rengaînez votre portefeuille! Ah! bien, aux abords d'une gare, surtout, en voilà une imprudence d'exhiber ainsi ses billets de banque! Mais plus que jamais, aujourd'hui, Paris est émaillé de voleurs, ô trop confiant provincial que vous êtes! On ne les compte plus! Ce sont eux qui comptent les honnêtes gens... pour les dévorer!

« Le portefeuille est serré! Bien! Boutonnez votre redingote par-dessus. Très-bien! A présent, écoutez-moi...

« Oui, j'accepte vos cinq cents francs, mais à une condition *sine qua non*. — L'emprunteur qui fait ses conditions au prêteur! le monde retourné! »

— Quelle est votre condition?

— C'est que vous vous fixerez sous mon toit pendant vos deux mois de séjour à Paris. Est-ce convenu?

— Mais avec joie!

—Logé, blanchi et éclairé. De cette façon... à raison de cent vingt cinq francs par mois,—ce n'est pas trop cher, n'est-ce pas, cent vingt-cinq francs par mois?— je m'acquitterai d'une partie de ma dette.— O baccarat, à quoi me réduis-tu à la fleur de l'âge? à me faire logeur en garni!... — Quant au reste...

— Nous en causerons plus tard... En attendant, puisque vous n'allez plus à Versailles... je me meurs de faim, moi!...

— Nous allons déjeuner, j'y consens! C'est bizarre, dites donc, Christian; le plaisir que m'a causé votre rencontre, sans doute... je suis moins crispé depuis un instant! Vrai! je crois que je déjeunerai ce matin comme une personne ornée d'un estomac naturel!

— Eh bien, en route! Mais nos sacs de nuit?... et puis, je suis en casquette...

— Oh! la casquette de voyage a ses entrées libres dans tous les restaurants! Voici notre plan de conduite : nous frétons une voiture à l'heure... une grande voiture... qui nous conduit boulevard Montmartre, chez Brébant, — il n'y a plus que là que l'on déjeune proprement aujourd'hui;— en sortant du cabaret nous allons quérir vos malles à l'hôtel de Bretagne, rue d'Hauteville; ensuite nous nous rendons chez moi...

« Vous verrez, je vous ménage une oasis! Mon cabinet de travail, ni plus ni moins! Une fenêtre sur la rue, et un balcon... que vous aurez toute licence de garnir de fleurs rares et précieuses! »

— Mais où travaillerez-vous?

— Je ne travaille jamais qu'au lit, moi, ça ne me gênera donc pas de vous céder mon cabinet! Je n'en piocherai que mieux, même, en vous sachant à mes côtés.

— Mais, un lit?

— Ceci est mon affaire! On est logeur ou on ne l'est pas! — Y sommes-nous? Une citadine de famille qui passe... Holà, hé, cocher!

*
* *

La citadine s'était arrêtée près du trottoir; Pascal y déposa les sacs de nuit et s'y installa, tandis que Christian soldait le garçon de café.

Il n'en finissait point de parfaire la monnaie d'une pièce de cinq francs, ce garçon!

Il y parvint cependant. Christian allait rejoindre son compagnon...

Entre la coupe et les lèvres... entre le fiacre et la porte du café...

Une jeune et jolie femme! Oh! jolie!... adorable!... Une blonde avec de si beaux grands yeux bleus et une si petite bouche rose!...

Et puis l'air distingué; une mise simple et riche à la fois.

En se retournant pour s'élancer vers la voiture avec une précipitation justifiée par la lenteur qu'on avait mise à lui rendre « trois quatre-vingts sur cent, » Christian s'était jeté sur la jolie blonde qui passait se dirigeant vers la gare...

Il s'était jeté... doucement. Oh! le choc fut sans conséquences désastreuses! Un froissement plutôt qu'un choc. Il n'y eut point déraillement.

La dame, néanmoins, poussa un petit cri d'effroi.

— Pardonnez-moi, madame! pardonnez-moi! balbutia Christian, honteux de sa maladresse.

Elle le regarda à travers sa voilette, sourit... — Pourquoi sourit-elle? Probablement parce que Christian avait rougi en s'excusant et qu'il n'est pas commun, à Paris, de voir rougir un homme; — et, ayant incliné la tête comme pour dire : « Je pardonne, » elle poursuivit son chemin.

— Eh bien, Christian, cria Pascal, du fond de la citadine, venez-vous?

Christian n'entendit point; de l'œil il escortait la dame occupée de gravir l'un des escaliers latéraux...

Et il constatait, pour son intime satisfaction, chez elle, le bas de jambe le plus fin et le pied le plus aristocratique qu'on puisse rêver!

— Venez-vous, Christian? répéta Pascal, en se penchant par la portière.

Elle avait disparu; Christian cessa d'être sourd à l'appel de son ami.

— Ah! mon cher, la charmante femme!

— Qui cela? où cela?

— Vous ne l'avez pas vue? Sous les arcades? J'ai failli la renverser en courant. Une blonde. Oh! mais de ces blondes d'élite! D'un blond doré... presque roux.

— Comme Vénus. Oh! oh! mon bon Christian, pour un homme à la veille d'entrer en ménage, vous me faites l'effet de vous enflammer assez vite! Mazette!... à peine débarqué et déjà blessé au cœur par ce polisson de Cupidon! Ah! vous aimez les blondes... dorées!... Soyez tranquille... vous n'aurez que l'embarras du choix! C'est la nuance de cheveux à la mode, aujourd'hui, à Paris, cette nuance-là!... Toutes les femmes de Paris sont rousses aujourd'hui... depuis la fille de portière jusqu'à la duchesse!

« Et puis, que regardez-vous encore? Si vous apercevez toujours votre belle blonde! Ah! ah!... Vous la retrouverez, ne vous désolez pas! Paris est grand, mais tout s'y retrouve... surtout ce qu'il vaudrait mieux n'y jamais retrouver !

« Ah! c'est égal, dans votre intérêt même, je suis tenté d'écrire à votre famille, de vous rappeler incontinent à Château-Giron, moi !... Quatre ans de réclusion dans la toile à voiles vous ont trop affamé... je crains que vous ne vous donniez, pour la seconde fois, ici, une indigestion ! »

II

LES JEUX DE L'AMOUR ET DU HASARD

Le déjeuner touchait à sa fin ; un déjeuner excellent auquel, de par permission tacite de sa gastralgie, Pascal Mignot avait largement fait honneur.

Aussi semblait-il d'humeur très-allègre...

Et moins laid aussi. Nous ne plaisantons pas : bien portant et joyeux, Pascal Mignot n'était plus le même homme que Pascal Mignot souffrant et maussade; ni le même écrivain. Et l'influence de la maladie sur le journaliste était si notoire que nul ne s'y trompait : suivant qu'il était méchant ou indulgent, on disait, après avoir lu un de ses articles :

— Pascal Mignot avait mal à l'estomac, hier.

Ou :

— Pascal Mignot avait l'orifice pylorique calme, ce matin.

O tristesse du métier ! il dépendra de la façon dont ce monsieur digère, qu'il piétine à deux pieds sur une œuvre, sur un artiste, ou qu'il élève triomphalement celle-ci aux nues, qu'il proclame un maître celui-là !...

Et remarquez que ceci est de l'histoire. Sous ce nom de Pascal Mignot dont je l'affuble, plus d'un lecteur reconnaîtra, je gage — au moins sous le rapport de l'état intermittent de santé — un de nos critiques les plus fameux.

Je termine cette digression par cette prière, exhalée du plus profond de mon cœur : « Mon Dieu, faites-nous la grâce de ne pas donner que de l'esprit aux gens qui nous jugent, nous autres, romanciers, auteurs dramatiques, peintres, compositeurs ou comédiens, octroyez-leur aussi un bon estomac ! Tout le monde s'en portera mieux ! »

⁂

Le café fumait dans les tasses.

Le quart d'heure des confidences.

— Sérieusement, Christian, dit Pascal, que venez-vous faire à Paris?

— Sérieusement, mon cher Pascal, je viens m'y divertir.

— Vous ne vous y êtes donc pas assez diverti autrefois?

— Pardon ! je m'y suis trop diverti, même... au point de vue financier.

— Oh ! des regrets, fi ! Regrette-t-on le plaisir ?

— Non, mais lorsque le plaisir vous a coûté plus qu'il ne valait, instruit par une école, il est permis de le rechercher désormais dans des prix plus modérés. N'ai-je pas raison ?

— Si ! si !...

— Quand je suis venu pour la première fois à Paris, en 1860, je n'avais donc que vingt-trois ans, puisque j'en ai trente aujourd'hui ; or, à vingt-trois ans, avec une petite fortune en poche et la bride sur le cou, que faire, si ce n'est prendre le mors aux dents ?

— Évidemment; il n'y a pas autre chose à faire, à moins que de n'avoir point de dents. Et vous en aviez!... — Mais cette petite fortune, d'où vous venait-elle?

— Je l'avais héritée à la mort de ma mère.

— Et votre père vous la laissa ainsi, sans conteste, gaspiller ?

— Mon père, mon cher Pascal, est un homme pratique, qui sait que, dans un incendie, il est prudent toujours d'abandonner sa part au feu. Tout jeune, j'avais manifesté des aptitudes artistiques... et bien que souhaitant, intérieurement, que je lui succédasse dans une profession... qui ne lui a pas rapporté moins de quinze cent mille francs en trente ans...

— Quinze cent mille francs ! Sapristi !... On ratisse gros sur la toile à voiles!

— Mon père se garda de s'opposer jamais à mes penchants. Je voulais être peintre... ou homme de lettres...

— Delacroix ou Balzac... selon ce que décideraient les astres.

— Lorsque ma mère mourut : « Mon ami, me dit mon père, ce n'est pas en province que tu apprendras à peindre ou à écrire ; il n'y a que Paris, dit-on, pour cela. Ta mère te laisse cinq cent mille francs; en voici deux cent cinquante mille... de quoi payer des maîtres. Va donc à Paris, et bonne chance! Au cas où tu ne réussirais pas dans les arts, il sera toujours temps de te mettre — si tu veux... — avec moi dans le commerce. »

— Oh ! oh !... Mais ce n'est pas un homme que vous avez pour père, Christian... c'est un demi-dieu! Deux cent cinquante mille francs!... Il ne vous marchandait pas l'instruction, ce bon M. Le Guern !...

— Vous savez où fila cet argent, Pascal?

— Oui, oui... J'achevais de faire mon droit, moi, lorsque j'eus l'heur de vous être présenté, pour la première fois, dans votre fastueux appartement de la rue Saint-Lazare... O la joyeuse vie qu'on menait là !... Comme on y riait! comme on y jouait ! Ah! ce n'est pas un reproche, mon cher, mais c'est chez vous que j'ai commencé à me prendre de passion...—passion qui n'a fait que croître et enlaidir...—pour le lansquenet et le baccarat. Bref...,

— Bref, mes deux cent cinquante mille livres envolées au vent, je retournai à Château-Giron...

— Je me rappelle encore ; un beau matin, vous détalâtes sans tambour ni trompette. Ni vu ni connu le nabab de la rue Saint-Lazare ! Évanoui comme une ombre. Et c'était de votre plein gré que vous retourniez en Bretagne? Votre père n'avait pas pesé un tantinet sur cette résolution?

— Point! Abandonné pendant trois ans à moi-même, j'avais pu me convaincre, par le résultat de ces trois ans, que je n'étais bon qu'à dépenser de l'argent avec ma tête et mon cœur... et pas du tout à en gagner avec ma plume ou mon pinceau; ce fut franchement que j'allai dire à mon père: « Je ne serai ni un peintre ni un écrivain... apprends-moi à être un commerçant. »

— O l'habile esprit que celui de ce père qui commence par envoyer son fils se brûler les ailes dans l'enfer pour revenir, de son chef, un jour, se remplumer dans le paradis!

« Et votre père vous ouvrit ses bras... et sa fabrique?»

— Il m'envoya d'abord me promener, pêcher, chasser tout à mon aise...

— Une façon de vous mettre au vert.

— Puis, comme on ne peut pas continuellement chasser, pêcher ou se promener, un matin, pour tuer une heure, je dépouillai le courrier de la maison; le lendemain je m'essayais à répondre à une lettre d'affaires; le surlendemain je jetais un coup d'œil sur la comptabilité...

« Et, six mois après mon retour à Château-Giron, j'étais capable de suppléer mon père dans tous ses soins comme chef d'une des premières fabriques de la Bretagne.

« Et, aujourd'hui, je suis son associé. Dans trois mois, j'épouse mademoiselle Edmée Lamorère, la fille d'un des plus riches banquiers de Rennes. »

— Infortuné!... — Quelle dot, mademoiselle Edmée Lamorère?

— Trois cent mille francs! Oh! mais ce n'est point sa dot qui m'a séduit! Je l'épouse, surtout et avant tout, parce que c'est une aimable fille!

— A la bonne heure! voilà qui sent son homme qui n'a pas toujours vécu dans la toile à voiles! Bah! il en reste toujours quelque chose, allez, d'avoir admiré Raphaël et de ne s'être point endormi en lisant Shakspeare!...

« Et, pour conclure — tout s'explique maintenant... tout se déroule, limpide, à mes yeux — avant d'entrer en ménage, là-bas, vous venez ici faire vos adieux à vos souvenirs de garçon? »

— Mon Dieu, oui!

— Désireux d'être un bon mari, comme vous êtes un bon fils et un bon négociant, avant de déguster le premier baiser conjugal, vous venez, une dernière fois, vous griser au banquet des amours buissonnières...

« C'est à merveille! Digne fils d'un digne père, le ciel vous doit une digne épouse et de dignes enfants, ô Christian! »

Pascal riait.

— Vous vous moquez, ce me semble, monsieur le journaliste! dit gaiement Christian.

— Dieu m'en garde! répliqua Pascal. Et la preuve, c'est que je voudrais être dans votre peau, mon cher! Avoir, comme vous, quelque part au soleil, une fortune et une famille qui m'attendent...

— Si vous n'avez pas la famille, vous aurez la fortune.

— Peuh! je vous l'ai dit... la dame de pique s'opposera toujours à ce que je thésaurise.

— Mais gloire oblige.

— Oh! gloire! Où prenez-vous la gloire d'individus qui ont mission de démolir sans construire jamais? Du talent, je vous l'accorde. De la science dans le coup de marteau. Et encore, qui se soucie aujourd'hui de ces aristarques célèbres qui ont eu nom Fréron, Geoffroy, Hoffmann? Un journaliste par-ci par là; le public... jamais. Non, non, un fichu métier que celui de critique! Aussi, voyez, les hommes d'un réel mérite qui l'ont abordé ne continuent-ils, pour la plupart, à l'exercer, que parce qu'il leur donne la soupe et le bœuf, mais sont-ils heureux de demander le rôti à de plus agréables travaux. Moi, — je ne fais pas d'amour-propre avec vous... et j'aurais tort d'en faire, vous m'avez vu à l'œuvre; — j'ai vainement essayé d'imiter ces heureux. J'en conviens humblement — devant vous, — il m'est impossible d'accoucher d'une nouvelle passable, d'une scène de drame, de comédie ou de vaudeville, qui ait figure humaine. Comme tant d'autres de ma farine, j'essaie de me consoler de mon aridité en criant par-dessus les toits qu'il n'est pas nécessaire d'être architecte pour juger qu'une maison est mal bâtie... mais, au fond, l'usage de cette vérité — qui, entre nous encore, n'est pas vrai — ne me console guère!...

« Si je vous disais qu'il m'arrive, à moi, l'un des *princes du feuilleton* — ça s'imprime comme ça — d'envier le sort du plus obscur vaudevilliste!

« Il s'entend siffler souvent, le pauvre garçon, oui, mais, de temps en temps aussi, il s'entend applaudir!

« Et moi, je n'entends jamais que les éloges de gens de la boutique. Merci!... Je troquerais cinquante de ces éloges-là contre le claquement de mains ou l'éclat de rire d'un épicier.

« Mais... mais... la chèvre broute où elle est attachée. Tant pis pour elle si l'herbe est amère.

« Et comme vous êtes venu à Paris pour vous amuser, assez sur cette herbe et cette chèvre; le verre de chartreuse de l'étrier, et allons procéder à votre installation dans mes lares.

« Et j'y pense, Christian, si vous n'êtes pas trop fatigué, il y a une première justement, ce soir, à la Porte-Saint-Martin; je vous y emmène! »

— Mais de grand cœur.

— Vous m'aiderez à faire mon feuilleton.

— J'aurais peur de ne pas être assez méchant.

— Oh! mais je ne suis méchant qu'à mes heures... et aujourd'hui, vrai, il faudrait que la pièce nouvelle fût pitoyable pour m'échauffer la bile!

« A propos... - vous pouvez ouvrir votre portefeuille... ici; — si vous voulez me donner les cinq cents francs... La tanière de l'huissier qui me poursuit est sur notre route...

— Voici. En désirez-vous?...

— Pas un mot, pas une syllabe de plus! Que diable, Crésus, accordez-moi quelque répit avant de succomber à la tentation de plonger encore dans votre bourse! Et j'éviterai cette tentation, au moins pour aujourd'hui, je l'espère! J'ai mon idée!

— Qu'est-ce?

— Une idée de joueur, vous n'y comprendriez rien.

— Mais mon installation va vous induire en dépenses...

NI FILLE, NI FEMME, NI VEUVE

PAR HENRY DE KOCK.

Quoique d'ordinaire leur entourage fût peu distingué... (Page 11).

— Quelles dépenses? Un lit et des matelas à louer chez mon tapissier!... La belle affaire!

— Cependant il serait juste...

— Il serait utile que vous payassiez la carte si vous voulez que nous ayons le temps de faire ce que nous avons à faire. Payez donc! Demain... si mes espérances se réalisent, c'est moi qui vous offrirai à déjeuner, mon cher!

∴

Ils avaient quitté le restaurant à une heure; à trois heures, par les soins de Pascal et de sa domestique, — une vieille Allemande du nom de Catherine, — Christian se trouvait installé dans le cabinet de travail du journaliste, ce cabinet métamorphosé, pour la circonstance, en chambre à coucher.

Pascal rayonnait... et il rayonnait d'autant plus qu'à la satisfaction que lui causait la présence d'un ami sous son toit, se joignait celle de sentir danser et d'entendre chanter dans sa poche — sa poche à lui, Pascal — une dizaine de pièces d'or.

Expliquer ce problème: comment, ayant à payer cinq cents francs, on peut en avoir encore deux cents en poche.

Élémentaire. Pascal n'avait versé à l'huissier que la moitié de la somme qu'il devait en s'engageant à lui apporter le reste le lendemain.

Ensuite, sur les vingt-cinq pistoles qui lui restaient, il en avait remis cinq à un tapissier pour prix de la location d'une couchette et de ses accessoires...

Et... et cette fameuse idée à laquelle Christian n'eût rien compris? Une idée de joueur? — Muni de dix louis, provenant de la bourse d'un richard, le soir, au sortir du théâtre, le joueur irait, dans certain cercle de longue date honoré de ses visites assidues, voir si la dame de pique daignerait changer, à son égard, ses rigueurs en bontés.

Pascal n'avait pas exagéré les mérites de son logis. Un peu élevé peut-être, ce logis — au quatrième, au-dessus de l'entresol, — mais gai, aéré, commode. Les *effets* du commensal de son maître, tirés des malles par Catherine, étaient déjà rangés dans des armoires, accrochés à des patères dans le cabinet de toilette; tandis que Pascal confectionnait sous le pouce une *chronique* attendue, Christian se mit au balcon de *sa* chambre.

Une vue splendide! A gauche, la rue Saint-Georges dans tout son parcours; à droite, une partie de la place, avec ses hôtels ombragés de grands arbres.

Ah! une excellente inspiration, à tous égards, que Pascal aviat eue là de lui offrir l'hospitalité! Certes, Christian n'eût pas trouvé mieux nulle part!

La rue Saint-Georges, une rue *galamment* habitée. Un attrait de plus! Qui sait si derrière les rideaux d'une de ces fenêtres, qu'interrogeaient d'instinct ses yeux, ne pépiait pas, à cette heure, quelque piquante *cocotte*, avec laquelle il pépierait à son tour?

Eh! justement, sur un balcon, en face... — en face, en biaisant et inclinant un peu, au troisième étage, — une femme... une jeune femme...

— Ah!...

Cette exclamation, échappée à Christian, parvint jusqu'à Pascal, occupé de faire de l'esprit, à tant la ligne, dans une pièce voisine.

— Quoi donc? cria le journaliste.

Christian arriva à lui comme une trombe.

— Mon ami... mon ami!... Ah! l'étrange aventure!

— Vous avez découvert une mine d'or dans mon cabinet?...

— Cette dame... cette blonde... dont les traits, la tournure, m'ont si fort frappé ce matin à la gare?...

— Une blonde qui vous a frappé! Ah! oui!... Eh bien?

— Eh bien, elle habite en face de vous... en face de nous... Ce n'est point sous les toits, mais au troisième!... Oh! je l'ai reconnue tout de suite!

— Bah! elle... Voyons donc cela.

Christian n'avait pas attendu Pascal pour retourner à son observatoire.

C'était bien la femme qu'il avait rencontrée le matin. Et il ne devait pas se tromper non plus en supposant que cette femme était là chez elle; sa toilette — une robe de chambre — et sa coiffure — en cheveux — tendaient à corroborer cette opinion.

Pour se garantir du soleil, elle avait ouvert une ombrelle...

Comme Pascal rejoignait son hôte, le hasard, sans doute, voulut que la jolie blonde écartât son ombrelle et que, relevant légèrement la tête, elle dirigeât son regard du côté des deux amis.

O fatuité de l'homme! Christian ne s'imagina-t-il pas que sa voisine avait tressailli en l'apercevant!

Son examen achevé, cependant, Pascal avait abandonné le balcon. Dans un coin de la chambre, il rallumait sa cigarette éteinte.

— Et puis, fit Christian, connaissez-vous cette femme?

— Je la connais... pour l'avoir vue maintes et maintes fois... comme vous la voyez vous-même maintenant à sa fenêtre...

— Pas davantage?

— Pas davantage!... Oh! oh!... je vous l'ai dit... depuis surtout que la gastralgie a fait élection de domicile dans ma personne, ce n'est pas la fille à Nicolas qui m'occupe!...

« Néanmoins — comme observateur — voulez-vous mon sentiment sur cette femme, Christian?

— Parlez!

— Eh bien, c'est que vous perdrez votre temps et votre belle jeunesse à la lorgner.

— Pourquoi?

— Parce que je la soupçonne entachée du vice d'honnêteté.

— Et vous basez ce sentiment?...

— Sur ce que, depuis dix-huit mois que je demeure ici... — et elle habitait déjà en face, elle, lorsque j'ai loué cet appartement,— je n'ai oncques entrevu un profil masculin chez elle.

— Vrai?

— Vrai!... Ah! cela vous pique d'émulation au lieu de vous décourager, mon Lovelace!... Animez-vous, animez-vous, mais...

— Oh!... quel dommage!

— Quoi?

— Elle rentre!... elle est rentrée!

— Elle est rentrée... Rentrez donc aussi alors, hein? Vous avez huit semaines pour mettre à profit cet heureux voisinage. Demain, dès l'aurore, vous serez libre de mitrailler d'œillades votre belle blonde... ou tout au moins sa croisée! A présent, voici cinq heures et demie... Il nous faut aller dîner et de là au théâtre.

— Dîner! mais je n'ai pas faim!

— Ni moi non plus, parbleu! Nous sommes sortis de table si tard!... Mais un critique n'est pas son maître, mon cher! Le drame nouveau commençant à huit heures pour finir probablement demain matin, quelque peu d'appétit que nous ayons, je vous le répète, nous sommes obligés... — Nous dînerons légèrement d'ailleurs; ne vous tourmentez pas. — Voyons, Christian!...

— Mon ami...?

— Puisqu'*elle* est rentrée... pour dîner pour de bon, *elle*, sans doute!... Quand vous resterez là, rivé à ce balcon!

— Me voici, me voici!

— C'est trop fort! Un homme, qui se marie dans trois mois, se laisser empoigner par le premier minois chiffonné!

— Un minois chiffonné! Oh! vous ne l'avez donc pas remarqué, Pascal? mais cette femme est ravissante! Je me marie dans trois mois, il est vrai, mais d'ici trois mois...

— Il vous est permis d'employer à votre guise vos loisirs, d'autant mieux que vous n'êtes venu à Paris que dans cette intention... plus intelligente que vertueuse... ce qui est un motif peut-être pour que je l'approuve : avant de se calfeutrer à perpétuité dans une armoire, j'estime très-naturel, voire très-hygiénique, qu'on se régale à pleins poumons de grand air!...

« Mais si, captivé par le grand air, vous alliez ne plus

avoir la force, à l'heure dite, de retourner à l'armoire? Je vous ai averti! Cette Vénus de la rue Saint-Georges m'a des apparences suspectes. Jamais un Mars, jamais un Adonis près de sa ceinture! C'est inquiétant! Si l'amour avec une femme honnête a ses avantages, il a, entre autres, cet inconvénient qu'on ne s'en débarrasse pas comme d'une simple amourette!...

— Quoi qu'il advienne, l'affection profonde que j'ai vouée à mademoiselle Lamorère m'empêchera de commettre une sottise.

— C'est égal, Christian, convenons que nous avons à notre usage une morale facile, nous autres hommes! Si pour se distraire, de son côté, en votre absence, mademoiselle Lamorère s'avisait...

— Oh!..

— Cela n'est pas admissible, non! Mademoiselle Lamorère est une jeune fille sage; ce qui vous est permis, en fait, à vous, un ancien mauvais sujet, ne saurait donc effleurer, même en pensée, son âme chaste. A votre place pourtant je n'abuserais pas du droit que me donnent la confiance de ma fiancée et le désir de boire encore quelques gorgées à la coupe du caprice... Eh! mon cher, si elle ne se distrait pas en votre absence, mademoiselle Lamorère s'ennuiera... L'ennui engendre la curiosité ..

« Et fille curieuse en apprend souvent plus qu'il ne serait utile qu'elle en sût!

« Enfin, défiez-vous de la jolie blonde, voilà mon dernier mot. C'est niais, c'est bête de ma part, cet aveu, mais j'ai comme un pressentiment qu'une liaison avec cette femme vous serait fatale.

« J'ai dit. S'il vous plaît, prenons que je n'ai rien dit, et allons essayer de dîner. »

III

SUITE DU PRÉCÉDENT.

Au sortir d'un restaurant voisin de la porte Saint-Martin, où ils s'étaient livrés, avec un courage digne d'un meilleur sort, à leur essai de dîner, Christian et Pascal allèrent prendre leur demi-tasse au café du théâtre.

Il leur restait une demi-heure à user avant que la première représentation du drame commençât.

Une physionomie curieuse que celle du café du théâtre, le soir d'une première représentation. Une partie du public habituel de ces sortes de solennités y afflue. Auteurs, comédiens, journalistes, gandins et demoiselles du demi, du tiers et du quart de monde. On y cause des destinées probables de l'œuvre future, des défauts ou des qualités de ses interprètes. Suivant que la sympathie ou tout autre sentiment le pousse, celui-ci prédit un triomphe, celui-là une chute. Cependant l'auteur de la pièce est déjà dans les coulisses, lui, ou peut-être aux alentours, dans les couloirs, dans la rue, rôdant comme une âme en peine, en comptant, anxieux, les minutes qui ont à s'écouler encore avant le lever de la toile. Que d'espoirs, que de rêves, que de châteaux en Espagne dans son cerveau, qu'il suffit d'un premier applaudissement ou d'un premier coup de sifflet pour exalter ou pour anéantir. Ah! si celui qui lancera ce premier coup de sifflet se doutait du mal qu'il cause souvent, il y regarderait à deux fois, je gage, avant de formuler ainsi son cruel verdict.

Mais quelle indulgence attendre de gens qui ont payé pour s'émouvoir ou rire et qu'on n'amuse ni n'intéresse! — Peut-être parce qu'ils ne sont pas d'humeur, ce soir-là, à comprendre ce qui est digne de les intéresser ou de les amuser. — Constatons néanmoins, au risque de déplaire aux auteurs qui tombent, qu'il est rare de voir une bonne pièce tomber. Contre la partialité ou l'inintelligence, il y a le bon sens et l'esprit de justice qui finissent par l'emporter. Le vrai public domine le faux. Et heureusement! sinon, par les essaims, qui volent, d'envieux, d'impuissants et de sots, tout homme de talent n'aurait plus qu'à se croiser les bras.

∴

Christian avait échangé quelques saluts, quelques sourires, avec deux ou trois figures, masculines ou féminines, de connaissance.

C'est bien le moins, quand on a croqué deux cent cinquante mille francs, en trois ans, à Paris, qu'on y retrouve quelques sourires et quelques saluts.

Pascal causait avec un confrère.

Un homme passa devant la table qu'occupaient nos deux amis; un homme d'une quarantaine d'années, de haute taille, très-brun; de beaux traits, mais fatigués et singulièrement mélancoliques.

— Tiens! Robert Mesnard! s'écria Pascal, qui rompit sans plus de façons son entretien pour tendre la main à l'homme dont nous venons de parler.

Celui-ci s'arrêta et, s'inclinant :

— Bonjour, monsieur Mignot, dit-il.

— Bonjour, *monsieur* Mesnard, fit Pascal en appuyant, avec une ampleur affectée, sur le mot : monsieur.

Et il reprit de son ton naturel :

— Est-ce qu'on vous verra à la Porte-Saint-Martin, ce soir?

Robert, fit un signe négatif.

— C'est juste! poursuivit Pascal, j'oubliais que vous n'allez jamais au théâtre!

« Concevez-vous, Christian, un artiste... et un artiste que le théâtre doit intéresser, puisqu'il travaille pour le théâtre... — Monsieur est peintre décorateur, et un de nos premiers peintres décorateurs; — et qui n'y met jamais les pieds!

« Que prenez-vous, Robert? »

— Rien, merci!

— Si, si... un verre de fine champagne pour trinquer avec moi et mon hôte et ami, Christian Le Guern... que je vous présente.

« Garçon, un verre de fine champagne.

« Car, vous ne savez pas, Robert, je cumule aujourd'hui,

comme professions; je suis journaliste et aubergiste! Aubergiste et journaliste. Monsieur, qui débarque de Bretagne, se préparait à se rendre à l'hôtel quand je l'ai rencontré et emporté, séance tenante, chez moi!... Eh! eh!... Les hôtels seraient en droit de m'intenter un procès; je leur ai volé un client.

— Ah! monsieur arrive de Bretagne. De quel côté de la Bretagne?

— Des environs de Rennes, monsieur. De Château-Giron.

— Château-Giron... J'y ai passé il y a deux ans. Une gentille petite ville!

« Et monsieur vient se fixer à Paris? »

— Pour deux à trois mois.

— Deux à trois mois de bride sur le cou, puis l'on s'en retournera se courber sous les fers de l'hyménée... des fers du poids de trois cent mille francs; notre ami Christian n'est pas à plaindre!

« Ah! Robert, avez-vous quelque toile dans la pièce nouvelle? »

— Non. On n'a pas fait de décors pour cette pièce.

— Alors, on ne compte pas dessus! Point de décors, point de recettes!... Et je le déplore, non pour les recettes, mais pour moi... Je suis fou de votre pinceau, Robert.

— Vous êtes trop bon, monsieur Mignot... et je n'oublierai jamais non plus la manière tout affable dont, à diverses reprises, vous avez traité ma méchante peinture!...

— Oh! sa méchante peinture!... Monsieur le modeste!... Robert, si cela ne vous gêne pas, un de ces matins, Christian et moi, nous irons visiter votre atelier. Christian s'est un tantinet frotté aux arts, jadis; cette visite lui sera très-agréable, j'en suis sûr.

— Quand il vous conviendra, messieurs.

— Qu'est-ce que vous brossez, pour le moment?

— Deux grandes décorations pour le Châtelet.

— Pour sa prochaine féerie... Bravo! Nous admirerons cela... avant la rampe.

« Mais il serait urgent de joindre nos places, Christian; huit heures et quart!

« Et vous, Robert, vous allez fumer votre cigare, lire vos journaux, puis rentrer, comme un bon bourgeois, près de votre femme et de vos enfants.

« A propos, comment se porte madame Mesnard? »

— Parfaitement.

— Et M. Paul?... et mademoiselle Julia!... Oh! la drôle de fillette, si vous saviez, Christian! Pas sept ans et spirituelle déjà comme un démon!

« Ah! je ne professe, en général, qu'une affection très-limitée pour les enfants, mais je crois que, s'il m'en tombait du ciel un comme votre petite fille, Robert, je serais capable de lui sacrifier... jusqu'au baccarat!...

« Eh bien, à un de ces jours; vrai, vous ne venez pas entendre un acte... une moitié d'acte? »

— Non!

— Sauvage, va!... Il n'est pas possible, c'est un serment, un vœu que vous avez fait de ne jamais aller *à la comédie!*

— Un serment que je tiendrais avec assez peu de fidélité, puisque je suis sans cesse fourré sur les planches.

— Dans le jour, oui; mais le soir, point! Et vous avez peut-être raison, c'est peut-être là la meilleure manière de cultiver le théâtre... quand il n'y a personne sur la scène ni dans la salle. Eh! eh!... au revoir, Robert, à bientôt.

— Je vous salue, messieurs.

∴

Christian et Pascal s'éloignaient.

— Qu'est-ce que ce Robert Mesnard? demanda Christian.

— Un homme d'un mérite réel; je ne vous ai pas menti.

— Mais pourquoi cette tristesse empreinte sur son visage?

— Ah! cela, je ne me l'explique pas, car il possède tout ce qui constitue, d'ordinaire, le bonheur: une femme aimable... point jolie, en revanche... — mais si elle l'aime et s'il l'aime comme ça... et il paraît beaucoup l'aimer!... — Deux chérubins d'enfants...

« Et il gagne de l'argent à remuer à la pelle!

« Un manicque! »

— Maniaque sous quel rapport?

— Sous ce rapport qu'il fuit le monde avec autant d'obstination qu'un autre, dans sa position, en mettrait à le rechercher!

« Le café de la Porte-Saint-Martin, et puis le café de la Porte-Saint-Martin, on ne le voit jamais que là.

« Et il n'y moisit pas encore! Une heure tout au plus chaque soir; c'est sa rente.

« Je l'ai engagé souvent à venir déjeuner chez moi. Je t'en moque! Il aurait peur, je suppose, que la maison ne lui tombât sur les épaules.

« Une nature sympathique, au demeurant; pour quelques lignes que je lui ai consacrées, il m'a remercié si chaudement! De ces remerciements qui nous flattent, nous autres, parce qu'ils ne sortent pas du moule ordinaire; point obséquieux ni banals! Aussi, je l'aime infiniment, ce garçon, parole!

« Eh! mais, Dieu me pardonne, c'est commencé! Nous allons nous faire maudire en dérangeant nos voisins et voisines. Bah!... quand on a l'habitude des malédictions, une de plus ou de moins!... »

∴

Le drame nouveau n'était ni plus neuf ni plus vieux, comme forme et comme fond, que nombre de ces ouvrages, à gros effets, qui alimentent — plus ou moins, chaque année, les théâtres du boulevard; mais, à l'exemple de Pascal Mignot, le public était de bonne humeur ce soir-là; il accueillit donc jusqu'au bout avec calme, souvent avec faveur, la primeur de ce drame.

— Pas mal, pas mal du tout, répétait Pascal, en quittant son fauteuil d'orchestre. Cent représentations dans le ventre, cette *machine!*

Et comme Christian se taisait:

— Vous n'êtes pas de mon avis? lui demanda son ami.

— Ma foi, non, repartit Christian. Je trouve cette *machine* plus que faible. Affreusement écrite...

— Peuh! Provincial, qui exige du style dans un drame!

— Dumas, Hugo, Soulié n'en mettaient-ils pas dans les leurs?

— Oh! il y a cent ans, oui! Aujourd'hui on a changé tout cela; on n'écrit plus, on *charpente*.

— Au moins, alors, pourrait-on se donner la peine de chercher une idée qui, depuis cent ans aussi, n'ait pas traîné partout.

— Eh! c'est justement ce contre quoi vous vous élevez qui est la source de la fortune de mainte pièce! Rengaine, rengaine, on ne veut plus que des rengaines! Et, soyons juste, le public ne veut plus que de ce qu'on lui a mille fois servi, parce qu'il serait mal avisé de vouloir de ce qu'on ne lui a pas servi encore. Une idée, ah bien! et les effarouchements qu'elle soulèverait, et les bâtons qu'on lui jetterait dans ses roues!... Des féeries bien idiotes et des mélodrames bien vermoulus, tel est et tel doit être aujourd'hui notre menu dramatique... *Fato prudentia major*. La prudence est la maîtresse de nos destinées!

« Et c'est pourquoi je ferai un bon article à l'auteur de la pièce qu'on nous a servie ce soir, parce qu'il n'y a que modérément abusé des vieilles ficelles.

« Et sur ce, vous m'excuserez, Christian, de vous abandonner, pour la première nuit, seul au logis. — Catherine vous attend au surplus, je l'ai avertie...—Mais une course... urgente... »

Nos deux amis étaient alors à l'angle du boulevard et de la rue Laffitte.

— Voici votre chemin, poursuivit Pascal, en désignant, du geste, cette rue à Christian.

— Et le vôtre, dit en riant Christian, conduit chez certaine dame... noire, n'est-ce pas?

— Possible, répliqua Pascal. Ah! mon cher, on est joueur, et, à ce titre, superstitieux.

« Et je parierais vingt louis contre dix que j'en gagnerai cent cette nuit!

« Parions-nous? »

— Non! je n'aurais qu'à vous porter male chance,

— A demain donc. A cette nuit, si les cartes m'ont bien traité. Me permettez-vous de vous réveiller, Christian, si je reviens les poches pleines?

— Comment donc!

∴

Une impression glaciale, en effet, pénible, que celle que ressentit Christian en rentrant dans cet appartement où il n'avait encore posé que quelques minutes...

Reçu par cette vieille domestique qui lui était encore étrangère.

Mais cette impression se dissipa bientôt, avantageusement remplacée.

Catherine s'était retirée; il était seul dans sa chambre; Christian ouvrit une fenêtre et monta sur le balcon.

Il y avait de la lumière dans l'appartement de sa voisine.

De la lumière si tard!—Une heure sonnait.—Certainement cette lumière partait de la chambre à coucher de la dame! De sa chambre à coucher... où elle n'était pas seule, elle, peut-être! Pas seule! Oh! si... elle était seule.

D'abord, puisque assurait Pascal que c'était une femme honnête!... Puisqu'il n'avait jamais aperçu un homme chez elle!

Elle était au lit, lisant. Lisant quoi? « Dis-moi ce que tu lis, je te dirai qui tu es! » Ah! que si quelque fée lui fût venue en aide, d'un regard magique perçant vitres et rideaux, Christian eût été heureux de voir ce que lisait, à cette heure, dans son lit, la jolie blonde!

Mais il n'y a plus de fées, il n'y a même plus de *diables boiteux* pour assister les Cléophas curieux des faits et gestes nocturnes des femmes qui leur plaisent.

Réduit au chapitre des suppositions,—un chapitre qui ne pèche pas par le défaut de latitude, il est vrai,—Christian demeurait immobile, accoudé à la barre d'appui du balcon...

Il y serait encore!—Je dis cela, bien que je n'en pense pas un traître mot. Une façon imagée d'exprimer la persévérance, en cette occasion. de mon héros, tout simplement.—Mais, soudain, la lumière qui éclairait la chambre à coucher de la belle voisine — il est convenu que c'était dans sa chambre à coucher, près de son lit, que brûlait cette lumière—s'éteignit!

Elle avait cessé de lire. Après avoir soufflé sa bougie, en se penchant à demi hors de sa couche, elle s'était laissée mollement retomber sur ses oreillers...

Un soupir avait effleuré ses lèvres...—Il est avéré que toutes les femmes... jeunes, soupirent, après avoir soufflé leur bougie. Pourquoi? on n'a jamais pu savoir. — Puis, elle s'était endormie... elle dormait profondément déjà, peut-être; ceci dépendait de l'intérêt qu'elle avait pris à sa lecture. Il y a des livres à la suite de la lecture desquels on s'endort tout de suite; il en est même qu'on n'a pas besoin de lire pour se procurer le sommeil. Le contact suffit.

Bref, la jolie blonde dormant, notre amoureux, sous peine de ridicule à ses propres yeux, n'avait plus de motifs de jouer à la statue à sa croisée. Il ferma cette croisée, se coucha...

Et il s'endormit également...

Nous admettons toujours que la jolie blonde dormait.

L'aube blanchissait le ciel quand Christian, réveillé en sursaut, se dressa sur son lit.

C'était la voix de Pascal qui l'avait arraché au sommeil...

La voix de Pascal, accompagnée de cette harmonie si goûtée de la plupart des hommes, le tintement de l'or.

— Tant pis! criait gaiement le journaliste, en faisant sauter dans ses mains jointes une assez rondelette quantité de napoléons, tant pis, mais vous m'y avez autorisé, mon ami! J'ai vaincu... j'accours étaler ces dépouilles opimes à votre chevet.

« Douze cents francs! j'ai gagné douze cents francs! et je n'en espérais que mille! Hein! quel nez vous avez eu de ne point parier!...

« Oh! mais c'était immanquable!... L'argent des

millionnaires porte bonheur, c'est écrit cela !... »

— Je vous félicite, mon cher Pascal, mais quelque joie que me cause votre victoire...

— Vous me seriez obligé de vous laisser reprendre votre somme. Tout de suite, mon hôte !... Oh ! et c'est moi qui vais dormir aussi ! On dort si bien sur ses lauriers !... Je me sauve. Douze cents francs ! Et je ne m'arrêterai par là, oh ! non !... Votre argent n'a pas dit son dernier mot, Christian !

« Mon Dieu ! que j'ai donc bien fait de me faire logeur, moi ! »

IV

DÉSENCHANTEMENT

Quatre jours s'étaient écoulés, et notre impartialité d'historien nous oblige de déclarer que ces quatre-vingt-seize heures n'avaient pas apporté de changements notables dans la situation de Christian vis-à-vis — *vis-à-vis;* dans la circonstance, cette locution est grammaticalement et logiquement à sa place — vis à-vis de sa jolie voisine.

Chaque fois que l'occasion s'en présentait, il continuait de l'admirer de haut en bas; par hasard, alors, elle tournait vers lui son regard, de bas en haut...

Et rien de plus. De ce train, Christian risquait de ne pas faire grand chemin dans ses tendresses de fantaisie. Mais, dame ! avec une femme honnête, on n'ose pas aller trop vite ! d'où il résulte que, souvent, on ne va pas du tout.

Le cinquième jour, chômage complet. Contre son habitude, de toute la matinée, la dame ne parut pas à son balcon...

Dans la journée, jusqu'à trois heures, pas davantage.

Le temps était magnifique, pourtant; comment n'éprouvait-elle pas le besoin de respirer?

De dépit, Christian résolut d'aller respirer au loin, lui.

Pascal, que sa gastralgie avait ressaisi la veille, venait de partir, rogue et sombre, en déclarant qu'il ignorait à quelle heure il rentrerait...

Abandonné par l'amitié, méprisé par l'amour, Christian se souvint d'une visite qu'il s'était promis de faire, pendant son séjour à Paris, à un ancien négociant de Rennes, un vieil ami de son père, — M. Prosper Bachereau, — depuis quelques années domicilié à Auteuil...

— Allons voir monsieur, et madame, et mademoiselle Bachereau, se dit Christian. — M. Bachereau était marié et père d'une fille qui devait alors friser ses dix-neuf ans. — Et s'ils m'invitent à dîner — ce qui est dans les choses probables — au diable Pascal et ma voisine ! Je les verrai ou je ne les verrai pas demain !

Le dépit donne du courage quelquefois.

* * *

A quatre heures Christian entrait à la gare Saint-Lazare; cette gare aux abords de laquelle... — Pour y monter, Christian prit, à dessein, l'escalier qu'il avait vu gravir par la jolie blonde. Qu'espérait-il ainsi? Revoir certain mignon bas de jambe et certain petit pied cambré? Hélas ! il n'y avait que des femmes en sabots et à mollets énormes, ce jour-là, sur cet escalier.

A quatre heures quarante, notre voyageur arrivait à Auteuil, rue Boileau, n° 7, la maison de M. Bachereau; sa maison à lui; M. Bachereau était à son aise; trente mille livres de rentes amassées dans la mécanique. Les machines ont du bon.

Un brave et digne homme, du reste, que M. Bachereau, et sa femme une excellente femme... quoique d'ordinaire leur entourage fût peu distingué...

La fille, par contre, mademoiselle Léonie — autant que s'en souvenait Christian — promettait, dès son enfance, une assez maussade personne : roide, pincée, pimbêche. Tenait-elle ce qu'elle avait promis? Bah ! ce n'était pas pour elle que Christian allait rue Boileau, 7, à Auteuil.

Une maison de bonne apparence, sentant son confortable rien que dans l'anneau de bronze ciselé qui servait à sonner à sa porte.

Christian remit sa carte à un domestique et fut introduit dans un salon d'été ouvrant sur un jardin anglais méticuleusement entretenu.

Quelques minutes plus tard, du fond de ce jardin, M. et madame Bachereau accouraient près de leur visiteur.

— M. Christian Le Guern ! Par quel hasard?

— Ce n'est point par hasard; je suis à Paris pour quelques semaines et j'ai voulu venir vous serrer la main au nom de mon père et au mien.

— Très-aimable ! Il va bien, le père?

— A merveille.

— Ah ! oui, c'est gentil à vous de... Vous nous restez à dîner?

— Oh !...

— Il n'y a pas de : « oh ! » Vous nous restez. Nous avons du monde, justement; deux charmantes dames; vous ne vous ennuierez pas !

— Mais je ne m'ennuierais pas sans ces dames !

— Hum ! de pauvres marchands retirés, ce n'est pas bien gai !... Et vous aimez assez à batifoler, vous, mon gaillard... on sait de vos prouesses ! Mais j'y songe, que nous a donc conté, l'autre jour, Lajonchère, de Rennes? Que vous épousiez mademoiselle Lamorère ! C'est vrai, cela?

— Très-vrai.

— Bravo ! vous avez raison, Christian, il faut faire une fin. Et celle-là est assez coquette, par parenthèse ! Mademoiselle Lamorère doit avoir une fière dot !... Avec ce que vous possédez déjà... et ce que vous posséderez en outre un jour...

« Vous n'êtes pas fatigué?... »

— Nullement.

— Vous allez visiter mon domaine. Ce n'est pas grand, mais pour trois personnes... et, trois personnes... lorsque Léonie fera comme mademoiselle Lamorère, nous ne serons plus que deux, madame Bachereau et moi!

« A propos de Léonie, Marguerite, où est-elle donc qu'elle ne vient pas dire bonjour à Christian? »

— Elle s'habille, mon ami.

— C'est juste... quand on a du monde, on soigne sa toilette, bien que nous ne fassions jamais grandes façons pour madame Bernier et madame La Fougeraie. Madame Bernier demeure en face de nous, au nº 4; une dame du commerce le plus agréable; oh! nous nous félicitons chaque jour, madame Bachereau et moi, de nous être liés avec elle! Madame La Fougeraie est sa nièce; une pauvre petite femme que son gredin de mari a plantée là pour courir la pretentaine. Bien méritante aussi, madame La Fougeraie! Sa tante et nous, voilà son unique société!... Elles dinent ici toutes deux tous les samedis. Oh! elle n'est pas malheureuse, d'ailleurs, madame La Fougeraie! Sa tante a quelque fortune qu'elle partage avec elle. Une chance encore d'avoir une parente en position de l'aider, car elle est orpheline et il paraîtrait que son brigand de mari avait grugé toute sa dot! Ah! ce qui m'effraie quand je pense à marier Léonie! Je me dis toujours : « Mon Dieu! si j'allais la donner à un homme qui grugeât sa dot!... » Mais, quoi! le mariage est une loterie; le plus malin n'y peut rien!

⁂

M. Bachereau contait tout cela à Christian en se promenant avec lui dans le jardin, et Christian l'écoutait d'une oreille distraite. Au fond, que lui importait l'histoire d'une inconnue! Mais il pleut des gens qui ont la rage de vous initier à des mystères sans le moindre intérêt pour vous. Le besoin de parler. Un des plus niais besoins quand il n'est pas le plus nuisible.

La rencontre de mademoiselle Léonie Bachereau, au détour d'une allée, mit fin au bavardage de l'auteur de ses jours.

Un peu moins pincée qu'autrefois, mademoiselle Léonie Bachereau; un peu plus avenante. Soucieuse, j'imagine, de s'épanouir à la boutonnière de l'hyménée, cette fleur daignait exhaler quelques parfums. Des parfums incapables d'enivrer qui que ce fût. Mais, née dans la mécanique, une fleur ne doit enivrer personne.

Elle s'informa de la santé du père de Christian, puis, s'adressant au sien :

— Tu sais, papa, dit-elle, que madame Bernier et madame La Fougeraie sont au salon.

— Ah! ah! riposta vivement M. Bachereau, mais alors nous rentrons... nous rentrons bien vite!

Il consulta sa montre,

— Cinq heures et demie; en effet, l'heure de se mettre à table approche.

— Cependant, si M. Le Guern désirait visiter le labyrinthe? As-tu montré le labyrinthe à monsieur, papa?

— Non, petite, non... nous causions... je... Eh bien, montre-le-lui, tandis que je rejoindrai ces dames.

« Et n'allez pas vous y égarer, au moins, tous les deux! Eh! eh!... Oh! un garçon qui se marie prochainement, ce n'est pas à craindre!... »

⁂

Il n'eût pas dû se marier bientôt qu'il n'en eût pas été plus dangereux pour cela pour cette fille, ce garçon! On rompt difficilement avec ses aversions. Le labyrinthe, qu'il parcourut en compagnie de mademoiselle Léonie, n'eut aucune influence voluptueuse sur Christian. Ah! si c'eût été en compagnie de sa voisine de la rue Saint-Georges!

Le bruit d'une cloche retentit comme Christian et mademoiselle Léonie quittaient le labyrinthe.

— La cloche du dîner, dit la jeune fille.

— Oh! repartit le jeune homme, en ce cas, dépêchons-nous.

Et il hâta le pas avec un empressement qui témoignait en faveur de sa politesse, sinon de sa galanterie.

Et, en cheminant de la sorte, il se disait sous le coup d'un de ces vagues regrets qui vous assaillent au moment de voir s'accomplir un fait auquel on s'est soumis plutôt que prêté :

— Pourquoi ai-je accepté de dîner ici! M. Bachereau avait raison : je vais y avaler ma langue!

On jouait du piano au salon, et d'une façon magistrale. Une valse de Beethoven que Christian reconnut pour l'avoir entendu souvent exécuter par sa future.

— Madame La Fougeraie, dit Léonie. Oh! elle est musicienne jusqu'au bout des ongles! Elle me donne des conseils.

— C'est bien cela! pensa Christian, continuant d'envisager l'avenir sous un côté sinistre, au dessert, le morceau de rigueur offert par la demoiselle de la maison sous la surveillance de *la musicienne jusqu'au bout des ongles!*

« Ah! je n'ai que ce que je mérite! »

Du seuil d'une porte-fenêtre, M. Bachereau guettait le retour de sa fille et de son hôte.

— Allons donc, lambins! leur cria-t-il.

Le piano s'interrompit.

La scène des présentations. L'ex-mécanicien avait passé son bras sous celui de Christian :

— Madame Bernier, madame La Fougeraie.

« Monsieur Christian Le Guern, » allait-il poursuivre; mais, surpris par un brusque frisson du jeune homme, il dit en le regardant : « Quoi donc, cher ami? Je vous ai marché sur le pied?

— Non, non, répliqua Christian; une douleur névralgique... C'est passé.

— Ah! pauvre garçon! Vous avez des douleurs névralgiques! Le changement d'air. — Monsieur Christian Le Guern, mesdames.

⁂

Et qui, plus que Christian, en semblable occurrence, eût pu rester complétement maître de soi! Jugez-en, lecteur :

Madame La Fougeraie, c'était la jolie blonde de la rue Saint-Georges !

C'était elle ! c'était bien elle ! O hasard, ô généreux hasard, tu n'es donc pas qu'un vain mot, comme la vertu !

Et Christian, — le maladroit ! — qui reprochait, mentalement tout à l'heure, à M. Bachereau, de lui narrer l'histoire de cette dame ! — Croyez donc à la prescience des amoureux ! — Enfin, il en savait assez pour être en droit d'espérer... un peu. Trahie, abandonnée, pillée par son mari, quelle femme restera insensible à des consolations qu'on fera tout pour lui présenter séduisantes ?

Oui, mais, d'une autre part, une liaison avec une femme, dans les conditions d'existence de madame La Fougeraie, est-elle susceptible de se briser net quand on voudra la briser ?

La sage observation de Pascal Mignot, qui revenait, comme une ombre dans sa joie, à la mémoire de Christian.

Eh ! l'avenir est grand et le présent est petit ! Christian réfléchirait plus tard.

Maintenant il accueillait à bras ouverts l'espérance.

*
* *

Un salut cérémonieux avait répondu au salut — mouvementé — de Christian à madame La Fougeraie.

Oh ! si elle le reconnaissait, elle, — et était-il supposable qu'elle ne le reconnût pas, après l'avoir vu, sinon remarqué, dix fois, la lorgnant du haut de son balcon ? — au moins le dissimulait-elle bien savamment.

Et, dans la conscience de cette dissimulation, Christian puisa un redoublement d'espoir. On ne cache guère que ce qu'on croit nécessaire de cacher.

On se mit à table. Christian siégeait entre madame Bachereau et madame Bernier. Une vieille femme d'allures très-respectables, que madame Bernier. Christian l'accabla de petits soins. Le dîner fut gai. Le plaisir émoustillait notre héros ; et puis, il devait bien quelque reconnaissance à des hôtes qui lui avaient ménagé ce plaisir, sans compter son souci de plaire à leur jolie invitée ; il se montra donc spirituel, brillant. M. Bachereau jubilait ; prenant pour lui et les siens ces frais de gracieuseté, il les savourait en amphitryon qu'on n'a pas gâté sur ce point.

Au dessert, cependant, l'entrain de Christian eut cinq minutes d'arrêt.

On causait de la Bretagne.

— Un beau pays, dit-on ? dit madame La Fougeraie.

— Superbe, madame, répliqua Christian. Vous n'y êtes jamais allée ?

— Jamais, monsieur. Mais je compte le voir l'an prochain, avec ma tante.

— Ah ! ah ! s'exclama M. Bachereau, vous avez envie d'aller en Bretagne, mesdames ! Eh bien, moi aussi, je me propose de pousser une pointe l'année prochaine par là... — quelques vieilles affaires à régler ; et si ma société vous agrée, nous irons ensemble.

— Mais, très-volontiers, repartirent les deux dames.

— Et, à Château-Giron, où est située la fabrique de MM. Le Guern, c'est monsieur, que voici, qui se chargera de vous piloter parmi les curiosités du pays... les ruines, les souterrains, les *menhirs*, les *dolmens*... Oh ! il n'en manque pas, de toutes ces bêtises, en Bretagne.

« Ceci, s'entend, avec l'assentiment de votre femme, mon cher Christian ; car vous serez marié, l'année prochaine... marié depuis longtemps ! Près d'être père, peut-être, quand nous aurons l'avantage, ces dames et moi, de vous rendre visite.

— Ah ! monsieur se marie ? dit madame La Fougeraie.

Il n'y avait pas à répondre : « Non. »

— Oui, madame, repartit Christian, qui eût voulu pulvériser l'ex-mécanicien. Le sot ! de quoi se mêlait-il de dire ce qu'on ne lui demandait pas.

— Une chose grave que le mariage ! fit sentencieusement madame Bernier.

— Très-grave ! appuya M. Bachereau ; mais heureusement qu'il y a encore des hommes de cœur... — et M. Christian Le Guern est de ces hommes, j'en suis certain... — à qui l'on peut se fier.

— Monsieur tromperait bien son monde, avec une figure comme la sienne, s'il ne rendait pas sa femme heureuse, reprit d'un ton doucereux madame Bernier.

*
* *

Une gentillesse de la tante ; mais la nièce savait qu'il n'était pas libre !... Dans le premier moment, Christian ne trouva point la compensation suffisante.

Dans le premier moment, car ensuite... De quoi se préoccupait-il ? De toute façon, madame La Fougeraie ne pouvait ignorer longtemps qu'il était à la veille de se marier ; on le lui avait révélé tout de suite... tant mieux ! Elle n'en serait que plus tôt préparée à répondre à ce qu'il avait le projet de lui dire : « Vous plairait-il de faire un doux rêve avec moi, madame ? »

*
* *

Un rêve... n'offrir qu'un rêve d'amour à une femme, n'est-ce pas s'exposer à ce que cette femme vous réplique : « Merci, c'est trop ou pas assez. »

En tout cas, une telle proposition, pour avoir le mérite de la franchise, n'est-elle point aussi d'une rare impertinence : « Je n'ai que deux mois de baisers à vous donner, en voulez-vous ? »

Mais, en amour, surtout, — l'événement le prouve chaque jour, — l'impertinence est un excellent moyen de réussir...

Du reste, Christian n'avait pas le choix des moyens.

Le siége lui était interdit, il décidait l'assaut...

Quitte, s'il était repoussé, à implorer humblement le pardon de son audace.

« Et me repoussera-t-elle ? » pensait-il, assis près du piano, sous apparence de mieux entendre madame La Fougeraie, qu'on avait priée de *jouer quelque chose*, mais en réalité pour la voir plus à l'aise.

Une question qu'en dépit de son expérience acquise il

NI FILLE, NI FEMME, NI VEUVE

PAR HENRY DE KOCK.

Un homme d'une cinquantaine d'années, ni beau, ni laid. (Page 20.)

ne parvenait point à résoudre par l'examen détaillé, analytique, des traits de la jeune femme. Pas assez fort encore pour lire à livre ouvert dans ce livre là, ce pauvre Christian!

Après madame La Fougeraie, ce fut au tour de mademoiselle Bachereau d'enchanter l'assemblée. Mais quelle différence! L'une jouait avec son âme, l'autre ne jouait qu'avec ses doigts. Et de vilains doigts, maigres, étriqués. Sous ces doigts, Rossini lui-même perdait soixante-quinze pour cent de son charme et de sa gaieté.

— Si nous faisions une petite partie de whist, dit M. Bachereau, la musique terminée. — Il raffolait du whist, cet ex-fabricant de machines à battre le grain. — Vous jouez le whist, Christian?

— Oui.

— Eh bien?...

M. Bachereau sonnait pour qu'on disposât une table de jeu.

— Excusez-moi, cher monsieur, dit madame La Fougeraie, mais l'heure s'avance... neuf heures et demie... J'ai laissé ma domestique un peu indisposée à Paris, et.

— Et, pour ma propre tranquillité, interrompit madame Bernier, je préfère que Fernande ne s'en retourne pas trop tard...

« Une femme seule, en chemin de fer, la nuit... »

— Mais, si madame le permet, dit Christian, qui, non sans effort, parvint à maintenir sa voix dans un diapason paisible, j'aurai l'honneur de l'accompagner?

Madame La Fougeraie s'inclina. Elle permettait.

— Mais vous n'habitez peut-être pas le même quartier que ma nièce, monsieur? objecta la tante. Où demeurez-vous?

— Rue Saint-Georges, madame.

— Tiens!... Oh! alors, cela ne vous dérangera pas! Ma nièce demeure aussi rue Saint-Georges.

— Et où logez-vous, là, Christian? dit M. Bachereau; à l'hôtel?

— Non; chez un ami, qui a eu l'obligeance de m'offrir l'hospitalité.

— Ah! vraiment! Quel numéro?... Si l'on avait un mot à vous écrire?

— Numéro 36.

— Mais c'est presque en face de madame La Fougeraie! Madame La Fougeraie demeure au 43. Vous êtes voisins. C'est très-drôle!

*
* *

C'était mademoiselle Léonie qui avait prononcé ces dernier mots en les enjolivant d'un petit éclat de rire bizarre.

Ces filles aux doigts maigres ont de ces inspirations que n'ont point les filles aux doigts potelés...

Mais Christian s'inquiétait bien de ce que pensait mademoiselle Bachereau! Ce n'est point tâche facile que d'imposer le calme à son visage avec le cœur qui déborde d'ivresse. Son cavalier... son cavalier, à *elle!* Pendant une heure au moins il allait pouvoir lui parler! Décidément le sort le comblait.

On avait dit adieu aux Bachereau, père, mère et fille; à la tante reconduite jusqu'à la porte de sa maison! Ouf! que d'adieux! et que tous ces gens étaient lents dans leurs politesses! On descendait à présent la rue Boileau pour gagner la grand'rue, — la rue de Paris je crois, — conduisant à l'embarcadère.

Elle lui donnait le bras, tout naturellement. Mais ce qui est naturel n'en est pas moins agréable. Et au contraire! — Ce qui fait que les prétentieux romans de messieurs tel et tel sont si ennuyeux!

Comment entamerait-il la conversation? Il le savait un instant auparavant, il ne le savait plus maintenant. Son bonheur lui enlevait son courage et son esprit. — Un effet de bonheur que M. *** n'a pas à craindre.

Ils allèrent ainsi, silencieux, quelques pas. Enfin... — Une banalité, tant pis! on dit ce qu'on trouve pour commencer. — Je ne marche pas trop vite pour vous, madame? dit-il.

— Non, monsieur.

— C'est que... je serais désolé...

— Désolé de quoi, monsieur?

— Alors, madame, vous venez souvent à Auteuil?

— Deux fois par semaine, monsieur.

— Deux fois par semaine... c'est bien cela... par conséquent, c'est chez madame votre tante que vous alliez... mardi dernier... quand je vous ai rencontrée à la gare Saint-Lazare?

— Vous m'avez rencontrée mardi dernier, monsieur? C'est bien possible.

— Si possible que depuis ce moment...

— Depuis ce moment?...

*
* *

Il s'arrêta; la voix lui manquait pour terminer sa phrase : « Depuis ce moment... je ne pense qu'à vous. »

Mais ne s'abusait-il pas? Il lui avait semblé distinguer comme une nuance d'ironie dans le ton de sa compagne en l'engageant à compléter l'expression de sa pensée. Justement, en cet instant, on passait près d'un réverbère; à la lueur du gaz, Christian interrogea rapidement le visage de madame La Fougeraie. Elle souriait! Elle souriait... donc elle se moquait de son embarras!

Ah! puisqu'elle se moquait, il n'était plus embarrassé!

— Soyez sincère, madame, fit-il, vous vous doutez de ce que je veux vous dire?

— Mais pas le moins du monde, monsieur! Que voulez-vous me dire?

— Allons! vous ne m'avez pas reconnu ce soir en m'apercevant chez M. Bachereau?

— Et quand j'aurais cru vous reconnaître, monsieur, pour une personne qui loge depuis quelques jours en face de ma maison, et qui, depuis ces quelques jours, me poursuit d'une attention souvent indiscrète, qu'en résulterait-il? Cette conviction, chez moi, que la conduite de cette personne est sans excuse, puisqu'à la veille de s'unir à une jeune fille qu'elle doit aimer, elle me ment en paraissant émue à mon aspect.

« Maintenant êtes-vous vraiment cette personne, monsieur? Soit! Mais, si vous l'êtes, avouez — avec sincérité, à votre, tour — que si je puis, selon votre expression, me douter de ce que vous voulez me dire, dans l'intérêt de votre dignité... et de la mienne, je ne saurais être désireuse de l'entendre. »

*
* *

C'était clair, c'était précis, comme un chiffre. Logique comme un raisonnement de Berkeley. Si logique, si précis et si clair, que Christian en fut atterré. Il avait pu prévoir la défaite, mais certes il ne l'avait prévue ni si prompte, ni si rude.

Et, sans doute, Fernande La Fougeraie comprit ce qu'il éprouvait, car elle reprit plus doucement :

— Je vous ai froissé, sinon affligé, monsieur Le Guern. Mais j'ai beaucoup souffert.. Je souffre beaucoup encore.. C'est là l'excuse de ma brutalité. Ne m'en veuillez donc point.

On récusait son amour, mais on semblait autoriser sa pitié. Christian s'écria avec feu :

— Vous n'avez pas à vous excuser, madame! C'est moi qui implore l'oubli de ma faute en protestant de mon repentir.

— Tout est oublié, monsieur. Et pourquoi me montrerais-je trop sévère envers vous! Suis-je plus à l'abri qu'une autre du mépris que les hommes ont coutume de déverser sur les femmes... dans ma position?

— O madame, mais je vous jure que je ne savais pas...

— Que je fusse mariée, et séparée de mon mari... Je le crois, monsieur, je fais plus que de le croire... j'en suis persuadée.

« Mais brisons là; cet entretien ne doit guère vous récréer; et il y aurait ingratitude de ma part à vous payer de la grâce que vous avez mise à m'accompagner en laissant se deteindre sur vous ma tristesse.

« Combien de temps avez-vous l'intention de rester à Paris, monsieur?... »

— Deux mois environ, madame.

— Ce monsieur chez lequel vous habitez... votre ami... est un écrivain, n'est-ce pas?

— Un journaliste, oui, madame. M. Pascal Mignot.

— Pascal Mignot... Je me rappelle ce nom, bien

que je lise peu de journaux. Mais alors... en société d'un écrivain... d'un journaliste... tous les théâtres vous sont ouverts... et comme c'est dans les théâtres, je présume, qu'on doit trouver le plus de distractions... à votre âge... vos deux mois de séjour à Paris, loin de votre fiancée, ne vous paraîtront pas trop longs.

— A mon âge! me considérez-vous donc comme un enfant, madame? Mais je suis vieux déjà!... j'ai trente ans.

— Trente ans! comme moi! Oh! mais je disais bien : trente ans, chez un homme, c'est la première jeunesse... tandis que chez une femme... et une femme... qui depuis si longtemps a désappris le bonheur!...

« C'est moi qui suis vieille, monsieur... Et de la plus cruelle vieillesse... sans souvenirs... sans repos! Condamnée à un éternel isolement!... »

— Mais pourquoi cet isolement, madame?...

— Pourquoi! pourquoi!...

∴

Madame La Fougeraie s'était détournée pour essuyer une larme.

— Vous pleurez! murmura Christian.

Elle eut un pâle sourire.

— C'est vrai, dit-elle... je vous traite comme un ami... un ancien ami... je pleure devant vous.

— Oh! mais, cette confiance que vous me témoignez, j'en suis digne, madame... et si mon amitié pouvait adoucir en quoi que ce fût l'amertume de vos chagrins... elle est à vous, inaltérable, dévouée!...

— L'amitié la plus dévouée ne peut rien pour moi.

— Rien!

— Rien. Et puis, à quoi bon vous voler, pour les assombrir, quelques heures que vous emploierez si bien en plaisirs!...

— Mais quel plaisir est comparable à la satisfaction de consoler qui souffre?

— Consoler!... Eh! monsieur, je vous le répète, ma douleur est, malheureusement, de celles qu'on ne console pas! Console-t-on la mère à jamais privée de son enfant, voyons? Ah!... Vous avez tressailli... donc vous m'avez comprise, et vous reconnaissez que je n'exagérais pas tout à l'heure en vous disant que nul ne pouvait rien pour moi!...

∴

Madame La Fougeraie parlait ainsi comme le train touchait la gare de Paris. Avant de descendre de la diligence, la jeune femme abaissa sa voilette sur ses yeux; précaution utile contre d'indiscrets et gênants regards : ses yeux étaient mouillés de pleurs.

On gagna la rue d'Amsterdam... là :

— Désirez-vous prendre une voiture, madame? demanda Christian.

— Oui, mais... je vais vous sembler ridicule, monsieur. Mon concierge peut être à la porte de la maison... un voisin, en rentrant, peut me voir avec vous... et...

— Et je vous quitterai quand vous l'ordonnerez, madame. S'il vous plaît même, je prendrai congé de vous ici.

— Non! non! je ne suis pas si exigeante! Il y a loin encore d'ici chez vous, monsieur. Nous nous séparerons au coin de la rue Taitbout. Auriez-vous la bonté d'avertir le cocher?

Le cocher était averti. Le coupé roulait.

— Et... fit Christian, nous nous séparerons pour toujours, madame?

Madame La Fougeraie hésita.

— Vous tenez donc bien à vous ennuyer, monsieur?

— Je tiendrais, s'il était possible, madame, lorsque je retournerai en Bretagne, à vous laisser cette opinion...

— Que des relations entamées... à la légère... sont susceptibles d'un dénouement sérieux. Eh bien... j'y consens, monsieur; bien que ces relations me paraissent sans but... puisque vous le souhaitez, nous nous reverrons.

— Où cela?

— Mais... chez moi.

— Quand?

— Dans quatre à cinq jours.

— Et comment saurai-je?...

— Que j'accepte votre visite. Rien de plus aisé entre voisins comme nous sommes. Un signal... convenu : par exemple, un bout de ruban attaché à l'un des arbustes qui décorent mon balcon.

— Un ruban... Il suffit, madame, je vous remercie de tout mon cœur!

— Oh! ne me remerciez pas, monsieur, car, encore une fois, c'est bien moins un plaisir qu'une corvée que...

« Mais la voiture s'arrête. Oui, nous voici près de la rue Taitbout. »

— Au revoir, alors, madame. A bientôt.

— A un de ces jours, monsieur.

Madame La Fougeraie tendait la main à Christian. Pénétré de son rôle — en herbe — d'ami, de confident, Christian se borna à serrer respectueusement cette main...

Puis il sauta hors du remise qui poursuivit sa course.

V

CHEZ ELLE.

Nous suivrons madame La Fougeraie chez elle.

Et, d'abord, mentionnons, pour mémoire, que, dès qu'elle se trouva seule, un changement soudain s'opéra en la jeune femme.

Absolument comme si elle eût retiré un masque.

Quelques secondes auparavant sa physionomie s'effaçait, douloureusement rêveuse...

Maintenant tous ses traits rayonnaient.

Ses joues étaient pâles, tout à l'heure; ses yeux humides; maintenant il y avait du feu sur ses joues, dans ses yeux.

Une métamorphose étrange, n'est-ce pas? Attendez! Vous n'êtes pas au bout.

Le coupé l'avait déposée devant sa maison, dont le concierge la salua, au passage, avec une politesse peu commune chez cette espèce; madame La Fougeraie monta à son appartement.

Sur un coup de sonnette vigoureusement accentué, une bonne s'empressa d'accourir la recevoir; — une grande fille qui n'avait vraiment pas l'air bien malade, quoi qu'en eût dit sa maîtresse.

— Il n'est venu personne, Thérèse?

— Personne, madame.

— C'est bien; allez vous coucher.

— Madame n'a pas besoin de moi pour se déshabiller?

— Non.

*
* *

La chambre de Thérèse, — comme la plupart des chambres de domestiques, à Paris, — était sise dans les combles de la maison.

Thérèse avait pris son bougeoir; elle s'éloigna en fermant à double tour, après elle, la porte du palier.

Du salon où elle déposait son châle et son chapeau, madame La Fougeraie observait cette retraite.

La bonne partie, madame La Fougeraie alla à cette porte — si soigneusement close, déjà, pourtant, — et tira dessus un verrou.

Comment Thérèse entrerait-elle le lendemain dans l'appartement? Car, où que ce soit, il est assez d'usage que les domestiques soient sur pied avant les maîtres. Il paraîtrait que, pour le moment, madame La Fougeraie ne se préoccupait pas de cela.

*
* *

Bien qu'un peu petite, la chambre à coucher de Fernande devait être fort gaie dans le jour : éclairée par deux fenêtres sur la rue.

Le luxe et, mieux encore, le goût le plus exquis avaient présidé à son ameublement...

Quelque chose, néanmoins, y contrastait avec cette recherche de l'harmonie élégante.

Ce quelque chose était une armoire à glace; — superbe, du reste, comme meuble, cette armoire, en palissandre sculpté, ornée d'incrustations en cuivre, — mais si grande, si haute, si massive d'aspect, et, surtout, si gauchement placée entre la cheminée, dont elle interceptait l'approche, et une fenêtre qu'elle obstruait à demi!...

Enfin, Fernande tenait à cette armoire, probablement, et à ce qu'elle fût à cette place.

*
* *

Son premier soin, en entrant dans sa chambre, — où brûlait une lampe à globe dépoli, garnie d'un abat-jour, — avait été de tirer sur les croisées d'épais rideaux de damas.

Vainement, cette nuit, du haut de son observatoire, Christian eût demandé aux fenêtres de la jolie blonde si elle dormait ou ne dormait pas; on avait mis ordre à ce que ces fenêtres fussent discrètes.

Les rideaux tirés, hermétiquement tirés, Fernande consulta la pendule.

Onze heures moins cinq.

— Onze heures!... *Déjà!* murmura-t-elle avec un accent indicible d'ennui.

Et, le coude à la cheminée, se regardant sans se voir dans la glace, elle demeura immobile, pensive.

Mais, sans égard pour ce : « Déjà! » qui avait salué son approche, l'heure sonna.

— Allons! reprit Fernande.

Et, cette fois, le coup d'œil qu'elle donna à son image eut son effet. D'une main expérimentée elle rétablit la symétrie de sa coiffure; d'alourdi qu'il était par quelque pensée morose, elle fit son front dégagé, souriant; puis elle se dirigea vers l'armoire... — la grande armoire en palissandre que je vous ai dépeinte; — et l'ouvrit à l'aide d'une petite clef d'acier qu'elle portait suspendue, par une fine chaîne d'or, à son cou.

*
* *

Et était-ce une armoire que cette armoire? Un coffre plutôt. Et un coffre d'espèce et d'emploi singuliers. Posé tout droit contre une ouverture pratiquée dans la muraille, il avait pour fond la porte d'un autre meuble, évidemment construit sur son modèle, placé dans l'appartement contigu.

Point de planches transversales là-dedans : point d'objets de toilette... rien qu'un carillon électrique, accroché au portant de droite et communiquant avec une machine du même genre établie sur la paroi gauche du coffre jumeau.

Fernande fit jouer le carillon; presque aussitôt une lueur illumina l'intérieur de l'armoire, suivie, cette lueur, du bruit d'une voix masculine, prononçant ces mots : « Me voici. »

C'était le voisin, à qui appartenait l'autre coffre, qui en avait, comme Fernande du sien, ouvert la porte. C'était ce voisin qui, répondant à l'appel de sa voisine, venait à elle.

Un homme d'une cinquantaine d'années, ni beau ni laid, ni grand ni petit, ni distingué ni commun. De ces figures dont on dit qu'il n'y a rien à dire parce qu'on n'en saurait rien dire, en effet, ni en bien ni en mal.

Tandis que ce monsieur pénétrait d'une façon si originale près d'elle, Fernande s'était assise sur une chaise longue.

— Et comment cela va-t-il, ce soir, chère amie? dit-il.

— Comme cela, mon bon André.

— Bah! nous avons encore notre migraine?

— Oui...

— Vous avez dîné à Auteuil?

— Comme d'ordinaire, chaque samedi.

— Qui est-ce qu'il y avait chez les Bachereau?

— Pas un chat, comme d'ordinaire encore.

— Pauvre chérie!... Une maison bien monotone

que cette maison Bachereau !... Et vous arrivez seulement?

— J'arrive.

— Moi aussi.

— De Fontainebleau?

— Oh ! non ! J'étais à Paris à quatre heures.

— A quatre heures ! Et qu'avez-vous fait depuis quatre heures à Paris?

— Mais, j'ai dîné d'abord.

— Seul ?

— Parbleu !... Avec qui veux-tu que je dîne? J'ai dîné chez Champeaux... ensuite je suis entré au Vaudeville...

— Ah ! vous êtes allé au théâtre ?

— De sept à onze, il fallait bien que j'employasse mon temps. Oh ! cette mine ! Jalouse, va ! Je ne me suis pas amusé, parole !

— Tant mieux !...

— Qu'elle est mauvaise !... Mais puisque je ne puis te voir qu'à onze heures !

— C'est justement pour cela qu'il est inutile que vous veniez à Paris à quatre.

— Une petite débauche !... On m'avait assuré que la pièce du Vaudeville...

— Est-ce que je vais au théâtre, moi ?

— Oh ! mais, toi, tu es une sainte !...

— Une sainte !...Vous ne réfléchissez pas, André, qu'il y a des éloges qui froissent comme des impertinences?

— Hein ! La, la ! Ne te fâche pas, chérie !... Et pourquoi te fâcherais-tu ? Relativement, ne te conduis-tu pas d'une manière exemplaire ?...

— Relativement... très-relativement.

— Enfin ! tu vis toujours seule... tu ne sors jamais... tu ne prends aucun plaisir !...

— Quel plaisir pourrais-je prendre... puisque ma position, comme la vôtre, nous défendent toute distraction commune ?...

— Oh ! toute !... Évidemment nous aurions tort de nous afficher... mais, de temps à autre, une partie de campagne... ou de spectacle... dans une voiture bien fermée... dans une loge... bien cachée...

— Oui, oui... pour être rencontrés au moment où nous nous y attendrions le moins !... Vous êtes fou !

— Fou de toi, ma Fernande. Tiens, par exemple... si tu voulais...

— Si je voulais quoi ? — Qu'est-ce que vous faites? Vous fumez chez moi, à présent ?

— Un cigare que je finissais...

— Allez le finir dans votre appartement. Vous savez bien qu'il ne me convient pas qu'on fume dans le mien? Que penserait ma domestique si elle sentait ici l'odeur du tabac ?

— Elle penserait que c'est toi qui... par ordonnance du médecin... parce que tu souffrais des dents. . eh ! eh !

—Je vous défends de fumer, vous m'entendez, André? Qu'alliez-vous me dire avec votre : « Si je voulais? »

— Ah !... Eh bien, sans doute, si tu voulais... — je pars jeudi prochain pour ma tournée en Bourgogne, n'est-ce pas?

— Vous partez, décidément ?

— Oh ! décidément !... Cela te taquine, hein, mon chien ?

— Il est certain que cela ne me réjouit pas ! — Et elle durera, votre tournée?...

— Cinq... six semaines, selon la promptitude avec laquelle je terminerai mes achats. Deux à trois cent mille francs de vins... ça ne s'achète pas en cinq minutes ! D'autant plus que les prix seront salés, j'en ai peur, cette année ! Les vendanges s'annoncent mal ! La vigne...

— Enfin ?

— Enfin... voilà : j'avais songé... ce serait gênant quelquefois, parce que je suis très-connu dans tous ces pays... Cependant qui est-ce qui nous empêcherait?... Tu voyagerais dans un compartiment, moi dans un autre... puis... à l'hôtel... — je te donnerais la liste des hôtels où j'ai coutume de descendre... et... le soir...

— Vous êtes fou, je vous le répète, André.

— Alors, tu refuses de voyager avec moi ?

— Avec vous... c'est-à-dire, *à côté* de vous !...

— Mais puisque, le soir...

— Assez !... Je suis fatiguée, je me couche. — Ah ! vous partez jeudi ?...

— Jeudi matin, à six heures. Mon Dieu, oui !... Je n'ai plus que deux nuits à passer avec ma *Nannande*... et adieu, la voilà veuve... veuve pour un mois !

« Oh ! je m'ennuie bien aussi loin de toi, moi, va ! Mais, dame !... il faut récolter des écus pour sa Nannande, pas vrai ?

« A propos d'écus, ne m'as-tu pas dit que tu avais vu une paire de boucles d'oreilles charmantes, sur le boulevard des Italiens ? Tiens, minette... voici pour tes boucles d'oreilles. Deux mille francs, est-ce assez? »

— C'est trop !

— Oh ! trop ! Est-ce qu'on peut faire de trop pour toi !

⁂

M. André avait placé sur la cheminée, dans une coupe de porphyre, deux billets de banque pliés en quatre, qu'il prit la précaution de garantir contre un coup de vent en les chargeant de quelques-uns des bijoux que contenait la coupe.

Fernande, pendant ce temps, se déshabillait avec ce dédain des détails dont une femme n'use guère, en présence d'un homme, que lorsque, par suite de longues relations intimes, elle juge superflu de se soucier, devant lui, de la forme.

Et, pour sa part, l'habitude avait-elle rendu M. André indifférent au voluptueux tableau qu'offre une jeune et jolie femme près de se mettre au lit?

Si nous nous en rapportons à l'éclat des yeux de ce monsieur, dans la circonstance, nous répondrons sans crainte de nous tromper : « Non. »

Elle était couchée; il s'approcha d'elle :

— Si ce voyage te tourmentait par trop, pourtant, Nannande, dit-il, je le remettrais.

— Vous le remettriez... à quelle époque ?

— Mais... au mois prochain... au milieu du mois prochain.

— Oh ! le mois prochain ou ce mois-ci !...

— Tu n'y gagnerais pas grand'chose, c'est vrai !

— Mais cette fois, j'espère, vous ne resterez pas, comme la dernière, des semaines entières sans m'écrire !...

— Oh ! des semaines entières, menteuse !... Il ne m'est jamais arrivé... Mais tu sais, chérie, — ce n'est pas ma faute — en dehors du commerce, je ne suis pas bien fort, moi, pour écrire ! C'est même curieux : près de toi, j'en ai toujours tant et tant à te dire... et... de loin...

— Ça ne vous vient plus !

— Si... ça me vient... mais...

— Ça vous vient mal.

— Méchante ! Dieu, que tu es méchante, ce soir, petite ! Eh bien, tu verras, cette fois... tous les deux jours une lettre... recta ! Et, quand je ne t'écrirai pas, je t'enverrai ma carte...

— Votre carte ?

— Ma carte... à ma manière... Tu conçois, je dois, dans cette tournée, parcourir toute la haute Bourgogne... Eh bien, de chaque bon endroit... je t'adresserai...

— Une pièce de vin ?

— Pas une pièce... non... mais une petite barrique... un quartaut.

— Ah ! ah ! Vous voulez donc qu'on croie, dans ma maison, que je m'établis dépositaire de vins ?

— Dépositaire !... Une femme a bien le droit de monter sa cave !

— Une femme seule, non.

— Mais...

— Mais, il est tard, mon ami ; je vous ai averti que j'étais fatiguée..

— Pardon, pardon, mon chien...

— Avec cela que, le matin, c'est un monde pour vous éveiller !

— Moi... je m'éveille difficilement ?... Oh ! par exemple !

— Minuit et demi... Voyons, vous dépêchez-vous, sinon j'éteins la lampe !

— Du tout, du tout !... C'est moi qui l'éteindrai, la lampe !

∴

Il dormait ; elle ne dormit pas de la nuit, elle.

Vers trois heures du matin, elle se leva, et s'approchant, sur la pointe du pied, d'une fenêtre, elle en écarta les doubles rideaux pour regarder la croisée de Christian.

Comme M. André, Christian dormait probablement en cet instant, car sa croisée était noire. Et, tenu en éveil par l'amour, eût-il été sur son balcon pour y saisir au vol l'acte si éloquent, en apparence, de sa belle voisine, que nous ne pensons pas, — nous qui voyons le revers de la médaille, — qu'il eût eu raison de s'en enorgueillir.

Ah ! les revers de médailles, la vilaine étude !

∴

Le jour ! le jour qui commençait à poindre !

Fernande secoua M. André par le bras !

— Il est l'heure, mon ami.

— Huuuum !...

— Mon ami, voici le jour...

— Huuuum !

— Mon ami, Thérèse peut descendre ; partez.

— Chère petite... je t'assure que tu t'abuses !... Ce n'est pas encore le jour !

— Si fait ! quatre heures sont sonnées.

— Quatre heures ! Eh bien, ta bonne ne se lève pas à quatre heures !... Il n'y a pas de bonnes qui se lèvent à quatre heures !...

— Mon Dieu, pour quelques secondes de plus ou de moins ! Je vous en prie, André ! Vous ne vous rappelez donc pas ce qui est arrivé, le jour où elle a trouvé la porte de l'appartement fermée en dedans ? Elle s'est étonnée ; j'ai été forcée de lui débiter des mensonges...

— Elle s'est étonnée !... Qu'y a-t-il d'étonnant à ce qu'une femme qui demeure seule pousse le verrou de sa porte ?

— Pardon ! il est étonnant qu'elle le pousse... une fois... quand elle n'a pas pour coutume de le pousser.

« Et puis... vous avez vraiment bien peu d'affection pour moi, André, d'égards pour ma tranquillité, ma réputation, que vous me marchandez ainsi un léger sacrifice ! »

— Je me lève ! je me lève ! Ne nous irritons pas !

— Vous achèverez votre nuit dans votre lit.

— Merci... un lit glacé ! Tu en parles à ton aise, toi, qui es là bien chaudement, bien douillettement !

« Bien certainement, pourtant, je ne vais pas arpenter les rues à cette heure ! Quatre heures ! s'il est permis de flanquer à la porte, à quatre heures, un homme qu'on aime ! D'ordinaire, voyons, petite, je ne m'en vais qu'à cinq. Sois franche ; quelle est cette lubie ? »

— Je vous porterai vos habits chez vous, si vous voulez ?

— Pour que tu t'enrhumes ! Ce n'est pas la peine ; je les emporterai bien moi-même, mes habits ! Mais dis-moi du moins...

— Qu'ai-je à vous dire ? Je suis inquiète, ce matin ! J'ai peur.

— Peur !... A quel propos ?

— A propos de tout... et de rien ! Je n'ai pas fermé l'œil de la nuit !

— Bah !

— Il me semble que je ne pourrai prendre un peu de repos que quand vous ne serez plus là ! Par hasard, suis-je donc si cruelle de...

— Non, ma Naunande, non, tu n'es pas cruelle ! Dès que tu l'ordonnes, c'est moi qui suis un animal de ne pas t'obéir tout de suite ! Allons, elle pleure, à présent ! Ne pleure pas, petite... je file comme un cerf ! — Et à mardi, toujours, pas vrai ?

— Mais sans doute.

— Tu ne veux pas m'embrasser ? Pauvre amie ! un rêve qui t'aura effrayée ! — A mardi.

— Oui.

∴

Un spectacle comique que celui de cet homme, en

chemise,—et il n'était pas séduisant en chemise M. André... oh! non! — virant de droite et de gauche, d'un air à la fois ahuri et dépité, dans la chambre, pour réunir son bagage, et chargé de ses vêtements, enfin, son chapeau d'une main, ses bottes de l'autre, passant par une armoire à glace pour réintégrer son domicile!

Il avait disparu pourtant dans les profondeurs de l'issue secrète... D'un bond Fernande fut près du meuble, dont elle ferma la porte...

Elle courut ensuite à celle du palier et en retira le verrou.

Puis, revenant à son lit, dans lequel elle s'enfouit frissonnante de froid :

— Oh ! oui, murmura-t-elle —répondant, supposons-nous, à une question débattue par elle pendant ses longues heures d'insomnie — oh ! oui, j'en ai assez!...

« J'en ai trop ! »

De quoi madame La Fougeraie avait-elle trop? N'en doutez point, lecteur, c'est ce qu'elle vous apprendra elle-même dans la suite de cette véridique histoire.

VI

ROBERT MESNARD.

Robert Mesnard travaillait dans son atelier, — un de ces ateliers de peintres décorateurs dans lequel en danseraient dix de peintres d'histoire ou de genre.

Revêtu d'une blouse, coiffé d'une casquette, chaussé de pantoufles, il s'en allait sur sa toile, qui recouvrait toute l'étendue du plancher, donnant une retouche par-ci, un coup de *fion* par-là.

Dans un coin de l'atelier, un jeune homme d'une vingt-ine d'années — son élève — nettoyait des brosses et préparait des couleurs.

— Monsieur?

— Qu'y a-t-il, Justin?

— Je n'ai plus de tabac, me permettez-vous d'en descendre chercher?

— Non, vous resteriez une heure dehors, suivant votre louable coutume, et je puis avoir besoin de vous.

« Si vous voulez fumer, prenez un cigare dans mon cabinet. »

— Merci, monsieur. A ce compte, je m'abonnerais à ne jamais sortir. Ils sont si *chics*, vos cigares! Des *londrès* pur sang! Vous n'êtes pas comme M. Bérout, votre confrère, qui en gagne aussi de l'argent, pourtant, lui, et qui ne fume que des *petits Bordeaux!*... Peuh! en voilà un crasseux!...

— Justin!

— Monsieur?

— Je vous ai déjà averti qu'il ne me plaisait pas qu'on dît du mal de mes confrères devant moi.

— Oh! monsieur, dire de quelqu'un qu'il est un crasseux, ce n'est pas en dire du mal, ça!

— Mes brosses sont-elles prêtes?

— Dans la minute, monsieur... le temps d'allumer mon .. votre cigare, et...

« Tiens, mais voici de la société qui vous arrive! »

Pour se rendre au cabinet de son maître, Justin avait ouvert une porte donnant sur un escalier que montaient, en effet, à cet instant — non sans souffler, car les degrés étaient hauts et roides — Pascal Mignot et Christian Le Guern.

⁂

Robert alla au-devant de ses visiteurs.

— Un voyage, que de venir chez vous, mon cher! dit en riant Pascal. D'abord, la course de la rue Saint-Georges au quai Jemmapes... puis l'ascension de votre atelier!... Ouf!...

« Heureusement qu'on est dédommagé en vous voyant... vous et vos œuvres!... »

Christian avait serré la main que lui avait amicalement tendue Robert, ainsi qu'à Pascal, et déjà, avec ce dernier, il regardait la décoration que l'artiste était en train de parachever.

— C'est une des deux toiles destinées au Châtelet, cela, Robert? reprit Pascal.

— Oui.

— Une forêt. Eh! mais, ça me paraît très-beau; autant qu'on peut en juger, je ne dirai pas : le nez, mais : les pieds dessus!... Ah! ça nuit à la perspective, cette façon d'examiner un paysage! C'est égal, voyez donc ce groupe de chênes et de châtaigniers, Christian; ils vivent, ces arbres! Et ce sentier qui serpente à travers la charmille... Parions que vous y cueilleriez volontiers la noisette avec certaine dame, dans ce sentier-là, Christian? Mais il s'y cache peut-être des loups... gare aux loups!...

« Très-beau, Robert! Et, sans indiscrétion, ça vous est payé, une toile pareille? »

— Il me serait difficile de vous le dire, parce que j'ignore encore moi-même ce que cela me rapportera.

— Ah! vous avez fait comme Bérout, peut-être?... Vous ne vendez plus vos décors un prix de, mais vous vous réservez, comme les auteurs, tant pour cent sur la recette?...

— Oui.

— Un excellent système! De cette manière, du moins, après y avoir fourni les deux tiers et demi du beurre, si le gâteau se débite bien, vous touchez votre part du produit.

« C'était trop niais! Vingt et une fois sur vingt, à quoi les féeries doivent-elles leur succès?... Aux décors. Et ce succès ne vous valait qu'un morceau de pain, tandis qu'il comblait de truffes messieurs les directeurs, qui ne s'étaient mis en frais que d'argent pour l'obtenir, et messieurs les auteurs... qui ne s'étaient mis en frais de rien du tout!...

« *Sic vos pro vobis!* Vous avez corrigé Virgile, Robert! bravo!... Il n'y a plus que les imbéciles de talent, aujourd'hui, qui se laissent duper. »

— Et, dit Christian, c'est tout ce que vous avez dans votre atelier pour l'instant, monsieur Mesnard?

— Oui... la seconde toile dont je vous parlais l'autre soir est partie hier pour le théâtre...

— Qu'était-ce?

— Un palais indien.

— Ah! je regrette que le palais indien soit parti! dit Pascal. Cela nous eût fait plaisir, n'est-ce pas, Christian, de nous promener dans le palais indien?

— J'ai la maquette, s'il vous est agréable de la voir...

— Allons voir la maquette! Et puis, je ne vous tiens pas quitte, Robert; je lui ai si fort vanté l'esprit et la gentillesse de vos enfants, que Christian ne peut pas partir sans les embrasser!

— Nous montrerons aussi mes enfants à monsieur. Justement, je crois, ils se disposent à sortir avec leur mère...

— Hein!... Dépêchons-nous, en ce cas!

— Oh! ils ne sortent jamais sans être venus m'embrasser.

— Une bonne habitude entre gens qui s'aiment!... et que devraient pratiquer même les gens qui ne s'aiment pas. Baisers de Judas, soit! Mais tandis qu'on s'embrasse, on oublie de se mordre.

∴

Le peintre de décors occupait un corps de bâtiment tout entier d'une maison du quai Jemmapes. Au premier étage, son appartement; au second, son cabinet contigu à une sorte de petit atelier affecté à ses travaux préparatoires; au troisième — et dernier, distant du second de quarante marches — son atelier proprement dit.

La maquette du palais indien et différentes esquisses et études admirées, Christian et Pascal descendirent avec Robert à son appartement.

Ce fut madame Mesnard en personne qui ouvrit à ces messieurs. Une femme d'une trentaine d'années, rien moins que belle — Pascal avait dit vrai — mais l'air si doux, si bon!...

— Où sont les enfants, Marthe? demanda Robert.

— Dans ma chambre, mon ami; j'achevais de les habiller.

— Voulez-vous nous les amener? Voici monsieur à qui M. Pascal Mignot en a dit tant de mal, qu'il lui a suggéré le désir de les voir.

— Oh! mais, je vous en supplie, madame, s'écria Pascal, ne nous présentez à M. Paul et à mademoiselle Julia que lorsqu'ils auront terminé leur toilette!... Pas avant! Nous ne sommes pas pressés, mon ami et moi.

« Et veuillez leur dire aussi que nous ne les garderons pas longtemps!...— Ils vont à la promenade, sans doute, avec vous, madame? »

— Oui, monsieur; une promenade au Jardin des Plantes que je leur ai promise depuis dimanche dernier.

— Jardin des Plantes promis, Jardin des Plantes tenu. Cinq minutes de causerie et nous rendrons la liberté à mademoiselle Julia et à son frère... qu'ils ne s'inquiètent pas.

Madame Mesnard s'éloignait en souriant; son mari la retint du geste.

— Est-ce que la bonne n'est pas là, Marthe? dit-il.

— Je vous demande pardon, mon ami, elle m'airait à...

— Dites-lui, je vous prie, d'apporter une bouteille de madère : ces messieurs en prendront bien un verre avec moi.

∴

On était dans un salon d'aspect tout artistique; ameublement chêne et ébène, velours vert; de belles gravures; quelques tableaux, quelques bronzes de maîtres; de vieilles armes.

En face d'un piano d'Erard, un orgue de Debain.

— Madame est musicienne? demanda Christian à Robert?

— Non, répliqua celui-ci, c'est moi qui fais un peu de musique quelquefois pour me distraire.

— Tous les talents! s'écria gaiement Pascal. Peintre, musicien!...Vous n'êtes pas aussi un peu poëte, Robert? La main sur la conscience, vous n'avez pas dans vos tiroirs quelque projet de roman... quelque scenario de drame?

— J'ai bien assez de mes travaux sans en rechercher d'autres.

— A la bonne heure! Chacun son métier, les muses seront bien gardées, reprit Pascal. Mais c'est une rage chez les artistes, maintenant, de toucher à tout. Tel peintre qui s'enrichirait sans peine avec son pinceau, son crayon, frise la débine en s'obstinant à rêver la gloire de Jacques Offenbach ou de M. d'Ennery!

— Et vous travaillez beaucoup, monsieur Robert? dit Christian.

— Beaucoup, monsieur.

— Robert veut laisser des rentes à ses enfants. C'est d'un bon père! dit Pascal.

— Il est vrai; je veux que Paul et Julia n'aient, par mes soins, jamais à craindre la misère. Mais, je suis franc, c'est aussi pour moi que je travaille...

— Ah! ah!... Un château que nous comptons nous acheter, un de ces matins, sur nos économies?

— Non pas un château... mais une petite maison dans quelque beau pays du Midi!...

— Hum! quelque beau pays que ce soit, vous vous ennuierez par là, Robert! Quel artiste peut vivre loin de Paris!

— J'y vivrai, moi, et avec une grande joie.

— Alors, vous renoncerez donc à votre art?...

— Mon art m'aura donné ce que je désire... la tranquillité, le bien-être... pourquoi lui en demanderais-je davantage?

— Mais, encore une fois, vous périrez d'ennui dans une petite ville!

— Aussi mon intention n'est-elle pas de me retirer dans une petite ville... mais dans un village...

— Un village! Les paysans ne valent guère mieux que les citadins aujourd'hui! Trop libres penseurs, aujourd'hui, les paysans... grâce aux journaux démocrates... ils en abusent pour ne penser qu'à mal!

— Me contentant de leur dire bonjour et bonsoir, les paysans ne s'inquiéteront pas de moi.

— Ce qui ne les empêchera pas, s'il survient une ré-

NI FILLE, NI FEMME, NI VEUVE

PAR HENRY DE KOCK.

On était dans un salon d'aspect tout artistique. (Page 21).

volution, d'entrer dans votre maison par la fenêtre pour voir combien vous avez de matelas à votre lit.

— Tant pis pour les curieux, car, en ce cas, pour les recevoir j'aurai mon fusil... et je les recevrai très-mal, je vous jure.

— Vous n'aimez pas le monde, monsieur Robert ? dit Christian.

— Non, monsieur, je ne l'aime pas, et j'ai mes raisons pour ne pas l'aimer.

« Mais le madère est servi. Vous ne buvez pas, messieurs? »

∴

L'arrivée des enfants, amenés par leur mère, donna un autre tour à la conversation.

L'enthousiasme de Pascal, à l'endroit de ces enfants, était légitime. Une tête fine et intelligente, tous deux; tous deux vifs et mutins.

Mademoiselle Julia, surtout, semblait avoir de la poudre dans les veines.

Ils s'étaient approchés, en les saluant poliment, des étrangers. Des étrangers... Pascal n'en n'était plus un pour mademoiselle Julia, et elle le prouva en s'écriant à sa vue :

— Tiens! le monsieur qui m'a dit que je ferais un jour, avec la permission de papa et de maman, un *rude* bas-bleu!...

« J'ai demandé à papa, monsieur, ce que c'était qu'un rude bas bleu... »

— Et il vous a répondu, mademoiselle?

— Que c'était une dame qui ne mettait des bas de cette couleur-là que pour ne pas ressembler aux autres dames...

— Eh bien?

— Eh bien... je ne veux pas être un bas-bleu, moi, monsieur .. je veux être un bas blanc comme maman... parce que c'est très-vilain, pour une demoiselle, de se faire remarquer.

— C'est encore monsieur votre père qui vous a appris cela?

— Non, monsieur... c'est maman. Maman m'a dit

qu'une demoiselle ne devait tenir à être gentille que pour ses parents.

— Alors, si vous n'êtes pas coquette.... pourquoi mettez-vous une si jolie robe de soie... un si joli petit chapeau de velours?

— Ce n'est pas moi qui me les mets, monsieur...c'est maman... et c'est papa qui me les achète. Et s'ils me trouvent bien ainsi habillée, c'est leur affaire.

— Mais vous... vous aimeriez autant porter une robe de toile et un chapeau de paille hein?

— Oh! à la maison... oui... mais pas au Jardin des Plantes... parce qu'au Jardin des Plantes il y a des petites filles très-bien mises.

— Et qu'il vous serait désagréable d'être moins bien mise qu'elles?

— A cause de maman...

— Comment! à cause de maman?

— Sans doute!... Parce qu'on ne lui dirait plus : « O madame, comme vous habillez bien votre petite fille! comme vous avez bon goût, madame! »

— Et quel âge avez-vous, mademoiselle? demanda à la blondinette Christian que tout ce babil amusait au possible.

— J'ai six ans et demi, monsieur.

— Six ans et demi! Et monsieur votre frère?

— Il aura sept ans le mois prochain.

— Sept ans!... C'est un homme!

— Oh! un homme!... On n'est un homme que lorsqu'on a des moustaches!

— J'en aurai bientôt! Papa m'a dit que j'en aurais bientôt! N'est-ce pas, papa? fit M. Paul, en se tournant vers son père.

— Oh! bientôt! répéta la petite fille d'un ton d'ironie.

— Alors papa ment donc?

— Non!... Mais il t'a dit cela pour rire. On n'a des moustaches que lorsqu'on est grand!

— Eh bien, est-ce que je ne grandis pas tous les jours?

— Oui... mais tu as encore bien des soupes à manger avant d'être de la taille à papa!...

— Vous ne paraissez pas bien vous entendre, dit Christian; est-ce que vous vous disputez quelquefois avec votre frère, mademoiselle Julia?

— Oh! non, monsieur, nous ne nous disputons pas! Seulement Paul veut toujours avoir raison...

— Et mademoiselle ne veut jamais avoir tort, dit madame Mesnard.

— Un moyen d'être rarement d'accord, conclut Christian.

— Et, dit Pascal, vous allez souvent au spectacle, tous les deux, avec votre maman?... à la Porte-Saint-Martin, au Châtelet, pour voir les beaux décors que peint votre papa?

Les enfants secouèrent négativement la tête.

— Nous n'allons jamais au spectacle, répondit M. Paul.

— Nous ne savons même pas comment c'est fait, un spectacle, reprit mademoiselle Julia.

Robert Mesnard fronçait imperceptiblement le sourcil; Pascal comprit qu'il avait commis ce qu'on appelle, en argot de café, *un impair*.

— Mon opinion, dit le peintre, est qu'il n'y a pas nécessité de se presser de conduire les enfants au théâtre... La petite est d'une santé délicate... Paul, lui-même, a besoin de beaucoup de ménagements! Ils vont tous les ans, avec leur mère, passer deux mois en Suisse... Ils voient par là de plus beaux paysages qu'ils n'en verraient à la Porte-Saint-Martin ou au Châtelet, et ils y respirent mieux.

« Mais il ne faut pas abuser de la complaisance de ces messieurs, Marthe. Est-ce que la bonne n'est pas allée chercher une voiture? »

— Si, mon ami.

— Eh bien, dites au revoir à ces messieurs, mes enfants.

M. Paul et mademoiselle Julia avaient tendu, tour à tour, la joue à Christian et à Pascal :

— Au revoir, mon ami, dit Christian au petit garçon, et, si votre papa le permet, quand je serai de retour dans le pays que j'habite, je vous enverrai... pour vous... dans une caisse... un vaisseau... un vaisseau pour de vrai... qui va sur l'eau.

M. Paul ouvrait de grands yeux. Et sa sœur donc!...

— Merci, monsieur! dit le petit garçon. — Comme les amoureux les enfants disent : « Merci, » d'avance.

— Et à moi, monsieur! qu'est-ce que vous m'enverrez? dit la petite fille.

— Eh bien, mademoiselle! murmura madame Mesnard.

— Tiens, puisque le monsieur enverra un vaisseau à Paul!...

— Mademoiselle Julia a raison, dit, en souriant, Christian, puisque j'ai promis un souvenir de moi à son frère, il ne serait pas juste que je l'oubliasse, elle. Avec le vaisseau il y aura une poupée pour vous, mademoiselle.

— Une poupée... une grande?

— Une grande.

— Comment qu'elle sera habillée?

— En Bretonne... cela vous convient-il?

— En Bretonne... qu'est-ce que c'est que ça?

— C'est un très-joli costume que les femmes de mon pays portent... ou plutôt portaient autrefois.

— Bon!... Eh bien, je l'attends, ma poupée, monsieur.

— Et moi mon vaisseau.

— Oh! comptez-y... avant la fin de l'année, vaisseau et poupée seront ici.

— Avant la fin de l'année!... Combien y a-t-il encore de jours, cette année, Paul?

— Combien? Dame!... je ne sais pas, moi!

— Oh! tu ne sais pas! Puisque les feuilles commencent à tomber aux marronniers, au Jardin des Plantes, c'est que l'hiver va venir. L'hiver c'est le jour de l'an, n'est-ce pas?... donc, si le jour de l'an n'est pas loin, la fin de l'année n'est pas loin non plus.

« Au revoir, monsieur!... En Bretonne ma poupée!... Oh! ça doit être gentil!... »

— Et moi, un vaisseau qui ira sur l'eau!... Nous mettrons ta poupée dedans mon vaisseau, Julia?

— Non! Pour l'abîmer! par exemple!

— Allons, petits... allons!...

— Voilà, maman!...

— Messieurs...

*
* *

Madame Mesnard avait salué Pascal et Christian; elle s'éloigna suivie du petit garçon et de la petite fille, tendrement embrassés, au préalable, par leur père.

— De charmants enfants! s'exclama Christian, et dont madame et vous devez être fiers, monsieur Mesnard.

Le peintre s'inclina.

— Tous les enfants sont charmants... quand on les aime, dit-il.

— Quand on les aime, oui, repartit Pascal; mais voilà... c'est que je ne les aime pas d'ordinaire, moi, les enfants... tandis que les vôtres...

— Encore un verre de madère, messieurs? interrompit Robert.

*
* *

Quelques minutes plus tard, les deux amis prenaient congé de l'artiste.

Ils gagnaient le boulevard par le faubourg du Temple.

— Un singulier bonhomme, décidément, que Robert Mesnard! dit Pascal, donnant, le premier, l'essor à ses réflexions. Avez vous remarqué, Christian — je n'y avais pas fait attention à ma première visite, moi — il ne tutoie pas sa femme, et, de son côté, elle lui dit: « vous, » gros comme le bras!

« Et cette haine du théâtre poussée à ce point d'empêcher deux bambins d'aller rire aux bêtises de *Cendrillon* ou de *la Biche aux bois!*

« Voyons, vous n'êtes pas de mon avis qu'il y a anguille sous roche dans cet intérieur? »

Christian hocha la tête.

— Mon Dieu, repartit il, qu'il y ait dans la manière de vivre de cet homme, comme dans sa personne, dans son langage, quelque chose de mystérieux, je vous l'accorde; mais après? Avons-nous intérêt à savoir pourquoi cet homme pense, parle et agit autrement qu'un autre? Non, n'est-ce pas?

— Assurément, non; ce que j'en dis, moi, est pure affaire d'observation.

— Sans doute! l'écrivain dont l'oreille point partout; le physiologiste qui a flairé un sujet et qui ne serait pas fâché de l'analyser.

« Mais si le sujet répugne à l'analyse le physiologiste aura beau faire, il en sera pour sa curiosité. »

— Oh! il en sera pour sa curiosité!... Je vous réponds que, si je me fourrais bien dans la tête de découvrir les motifs de la misanthropie de Robert Mesnard, je les découvrirais.

— A quoi cela vous servirait-il? A vous attrister profondément vous-même, peut-être, par commisération pour lui. A quoi bon voler un secret qui ne peut que vous peser?

— Oh! oh! Mais c'est de la haute philosophie, ceci, mon cher Christian.

— Non, c'est de la raison, tout simplement. Je me résume: mes instincts, comme les vôtres, me disent que Robert Mesnard est malheureux; mais l'observation la plus élémentaire me dit aussi que sa peine est de celles qu'on n'apaise pas... parce qu'elles sont au-dessus de tout apaisement. Eh bien, j'irais cent fois chez lui — ce qui n'arrivera pas, parce que je crois que mes visites répétées seraient peu de son goût — que je ne chercherais jamais à lire dans cette âme volontairement repliée sur elle même.

— Mais si cela pouvait lui faire du bien qu'on la dépliât, cette âme, monsieur le moraliste?

— Du bien! Qu'en savez-vous? Qui vous dit que vous soyez capable d'amener un sourire sur les lèvres de Robert Mesnard?

— Pas même un sourire!... Mazette!... Pour un courriériste réputé spirituel, vous m'estimez bien peu, Christian!

« Enfin! nous bavardons... ce qu'il y a de certain, c'est que, malgré la curiosité toute bienveillante qu'il m'inspire, je vous prie de croire que je ne prendrai jamais Robert Mesnard à la gorge pour lui arracher ses secrets!

« Et, là-dessus, que faisons-nous? Il n'est que quatre heures. Un tour de bois, hein, avant de dîner, pour voir les *petits crevés* et les *cocottes?* »

— Volontiers.

— A propos... — non pas de cocottes, je ne suppose pas qu'elle soit du nombre... — mais de jolies femmes, vous ne me parlez plus de votre... de notre voisine. Votre belle passion pour elle est déjà morte?

— Oui... Oh! ce que vous m'avez dit m'a donné à réfléchir!... Une femme honnête... probablement!...

— Et puis mes sinistres pronostics qui vous ont épouvanté, avouez le! Ah! ah!.. Je ris... eh bien, je ne mens pas, mes premières impressions m'ont rarement trompé.

« Ah! madame... j'ai bien l'honneur... »

Près de monter en victoria, avec son compagnon, Pascal avait salué une jeune femme mise avec une extrême élégance, qui passait sur le boulevard.

— Qu'est-ce que cette dame? demanda Christian.

— Une comédienne.

— De talent!

— Hum!... De certain talent... mais pas du bon... pas de celui qui vous fait sociétaire du Théâtre-Français.

« Et, tenez, Pauline Latour — elle se nomme Pauline Latour... — est un exemple, en crinoline et en chapeau Lamballe, de la justesse de mon jugement. J'avais prédit tout ce qui lui est arrivé.

— Et que lui est-il arrivé?

— Elle était demoiselle... et elle était sage. Très sage. Pas miette de peccadille sur la conscience! La rosière des coulisses. Elle s'est mariée avec un comédien!... Paf! au bout de six mois elle plaidait en séparation.

— Et pourquoi aviez-vous prédit qu'elle se séparerait de son mari?

— D'abord, parce que la plupart du temps ce n'est point par l'entente cordiale que brillent les ménages de comédiens. Une conséquence fatale du métier; madame est coquette... elle dépense plus qu'elle ne gagne! Et puis les bons rôles qu'on cherche et recherche... par tous les chemins! Monsieur est volage... indifférent... Et puis les habitudes prises qui ne concordent guère avec celles qu'il faudrait prendre.

— Si son mari la négligeait, ne l'aimait pas, Pauline Latour a bien fait de se séparer de lui.

— Mais, au contraire, son mari se conduisait comme un ange! — Un mari comédien modèle! — Il l'adorait, et elle l'a planté là tout de même.

— Je ne comprends plus.

— Ah! mais moi je comprends... j'avais compris... au temps même où Pauline était encore la perle immaculée du boulevard! Suivez mon raisonnement, basé sur une savante étude physiognomonique : Pauline Latour a la bouche pincée, les ailes du nez mobiles et légèrement échancrées, les dents canines pointues; eh bien, avec une bouche, un nez et des canines de cette espèce, si fille peut se contenter de peu, comme Jenny l'ouvrière, femme, le plus souvent, trouve qu'on ne lui en donne jamais assez.

« Et c'est pourquoi M. et madame Latour se sont séparés.

« *Séparation de corps et de biens, obtenue par madame... contre M... suivant jugement du tribunal civil de... le...*

« Avez-vous observé, Christian, que sur vingt séparations d'époux, les trois quarts sont *obtenues* par les femmes? — C'est surtout dans les journaux de province, qui font mention de ces événements sous la rubrique : *Annonces légales et judiciaires*, que l'on a le champ libre pour constater la supériorité du beau sexe sur le vilain à ce sujet.

« Ah! il paraîtrait qu'il y a bien plus de femmes qui se déplaisent avec leurs maris que de maris qui se déplaisent avec leurs femmes!

« Et cependant, écoutez-les, ces dames, réduites de leur plein gré à n'avoir désormais aucun rang dans la société, c'est-à-dire à n'y être ni filles, ni femmes, ni veuves; que faut-il accuser de cette situation anormale dans laquelle elles vivent... dans laquelle elles mourront? Leurs maris, et toujours leurs maris. Leurs maris sont des brigands, des gueux, des misérables criblés de tous les vices, capables de tous les crimes. Ce sont ces vices, ce sont ces crimes qui les ont contraintes, pauvres brebis, à abandonner leur bélier, pour errer isolées dans le troupeau du monde!...

« Qui n'entend qu'une cloche n'entend qu'un son. Oh! que s'il était permis, quand telle femme — séparée de corps et de biens — a sonné, d'aller entendre sonner, à son tour, son mari, on en rabattrait souvent de la pitié que cette infortunée victime du mariage nous a inspirée. Mais... »

— Je marcherais bien un peu, moi! Et vous, Pascal? Nous voici près de la cascade... Si nous descendions?

— Comment donc!... Et puis mon feuilleton improvisé qui commence à vous agacer les nerfs, avouez-le?

« Votre faute, Christian; vous m'avez fait de la morale, tout à l'heure : une maladie, la morale; ça se gagne; j'ai voulu vous prêcher un brin aussi. »

— Mais moi, je discutais un sujet qui nous intéressait, tandis que vous...

— C'est juste, moi je nageais dans le vide. Allons voir nager les canards dans le lac, ça vaudra mieux.

VII

LE CHAPITRE DES CONFIDENCES.

Par un sentiment de discrétion puisé dans le respect que lui avait inspiré madame La Fougeraie, Christian s'était gardé — on l'a vu — de confier à Pascal l'épisode de sa rencontre, à Auteuil, avec leur jolie voisine.

Le *feuilleton* du journaliste contre les femmes mariées, séparées de leur mari, ne pouvait donc avoir pour but de le morigéner au sujet de madame La Fougeraie...

Ce *feuilleton*, cependant, impressionna désagréablement Christian.

C'est que, tout en se croyant, de bonne foi, appelé à ne devenir que l'ami, et rien que l'ami de la jeune femme, malgré lui, peut-être intérieurement, Christian continuait de poursuivre l'espoir de jouer près d'elle un rôle plus flatteur...

Et que les appréciations — très-justes, il était possible, mais très-sévères aussi — de Pascal faisaient tache dans cet espoir.

C'était un samedi, on se le rappelle, qu'il avait rencontré madame La Fougeraie chez les Bachereau. « Dans trois ou quatre jours! » avait-elle répondu à sa demande, « Quand nous reverrons-nous? » Trois ou quatre jours; le lendemain de sa visite à Robert Mesnard — visite qui eut lieu le mardi — Christian était donc en droit de compter sur le signal convenu : le bout de ruban attaché à l'un des arbustes qui garnissaient le balcon...

Mais non; le bout de ruban ne se montra pas encore le mercredi. La veille, pourtant, M. André avait positivement déclaré à Fernande qu'il se mettrait en route le lendemain, à trois heures de l'après-midi.

Qu'était-ce? Fernande redoutait-elle quelque surprise, ou bien lui répugnait-il, après avoir dit « adieu » à celui-ci, le matin, de dire dans la journée « bonjour » à celui-là? Crainte ou pudeur, l'un et l'autre peut-être, Fernande ne donna pas le signal le mercredi...

Mais elle le donna le jeudi.

A midi et demi, un des orangers faisant partie de son parterre suspendu fut par elle honoré d'une décoration étrangère — que seuls, d'ailleurs, des yeux intéressés pouvaient distinguer — un *soupçon* de taffetas blanc...

A une heure, Christian sonnait à la porte de madame La Fougeraie.

* * *

— Madame La Fougeraie?

— C'est ici, monsieur.

— Madame est-elle chez elle?

— Oui, monsieur, madame y est. Si monsieur veut me dire son nom?

Christian tendit sa carte à mademoiselle Thérèse, qui disparut pour reparaître bientôt, en disant:

— Si monsieur veut me suivre?

Fernande était dans son boudoir, assise dans un grand fauteuil; elle se leva pour saluer Christian, et, souriant tandis que la domestique s'éloignait:

— Ma bonne Thérèse n'en revient pas! dit-elle; je reçois si peu de visites que, lorsqu'il s'en présente une, elle ne sait plus où elle en est.

— En effet, repartit en souriant à son tour Christian, à qui la mine quelque peu effarée de la bonne n'avait pas échappé, cette fille était tout interdite en m'apercevant.

« Mais j'espère qu'elle s'habituera à mon visage... »

Fernande regarda Christian en dessous. Il avait prononcé ces mots tout ingénûment; l'ami qui dit à une amie: « Puisque vous me recevez aujourd'hui, pourquoi ne me recevriez-vous pas demain? »

De son côté, en s'asseyant, Christian jetait un coup d'œil autour de lui. Digne de la chambre à coucher de madame La Fougeraie, son boudoir; capitonné tout entier en satin bleu broché et frangé d'argent, meublé en boule et rempli de ces mille futilités précieuses dont raffolent les femmes.

— Le luxe qui m'environne vous étonne, monsieur? dit Fernande, allant au devant de la pensée de Christian.

— Non, madame... A quel propos m'en étonnerais-je? Il est tout naturel...

— Qu'une femme... qui vit seule... ne se plaise pas dans la plus grande simplicité? Allons! ces paroles ne seraient pas d'accord avec l'expression de vos regards! Mais ce luxe n'est pas mon œuvre, monsieur; c'est celle de ma bien-aimée tante. Sans être riche, madame Bernier possède quelque bien; je suis son unique héritière, et c'est elle qui a voulu... qui veut qu'à défaut du bonheur, rien ne me manque... C'est elle qui, ne pouvant me donner la joie dans mon intérieur, s'ingénie à m'y donner le charme...

« Ah!... quoi qu'elle fasse, avec quel empressement je troquerais ce riche appartement contre la plus sordide mansarde... si, dans cette mansarde, il m'était permis d'avoir mon enfant... mon fils chéri... à mes côtés!...

« Mais vous entrez, et voilà déjà que j laisse éclater mes plaintes! »

— Et pourquoi suis-je ici, madame, si ce n'est pour recevoir, si vous m'en jugez digne, la confidence de vos chagrins?

— Une pénible tâche que je vous imposerais là, monsieur! pénible et inutile; je vous l'ai dit: personne ne peut rien pour moi.

— Qui sait!

— Qui sait? Moi, monsieur, qui ai tout épuisé, prières, larmes, bassesses... oui, bassesses, et je n'en rougis pas... pour obtenir ce que je désirais... ce que je désire toujours... et qui ne l'ai pas obtenu, qui ne l'obtiendrai jamais!

« Ah! vous tenez à connaître ma vie, monsieur. Eh bien, la voici, ma vie: On m'a mariée à seize ans; à seize ans, vous entendez? Je sortais du pensionnat: « Donne ta main à monsieur, » me dit-on; et j'obéis; je devins la femme d'un homme que je ne connaissais pas, que je n'avais jamais vu.

« Mon pauvre père, ma pauvre mère! Oh! je ne les accuse pas! ils croyaient bien faire en m'unissant à cet homme! Cet homme était jeune, beau, riche. « Notre fille sera heureuse avec lui! » pensaient-ils.

« Hélas! quelques années plus tard, le regret de leur action, le désespoir, les précipitaient, à quelques jours de distance l'un de l'autre, dans la tombe!

« Et moi, je restais en ce monde pour souffrir.

« Ce que j'ai souffert pendant dix ans, monsieur, il me faudrait des jours, des semaines, des mois pour vous le raconter. Sous des dehors aimables, gracieux, mon mari cachait une âme perverse... et perverse à froid, la plus terrible des perversités; il aimait le mal pour le mal. Sous prétexte de jalousie dès les premiers temps de notre mariage, il commença par me séquestrer, me refusant les plus innocentes distractions, chassant d'auprès de moi ceux dont la présence m'était chère: mon père, ma mère... jusqu'à une vieille domestique qui m'avait élevée. Nous habitions Lyon; feignant de redouter, pour son repos, mon séjour dans une grande ville, il me relégua dans un village, à deux lieues de Lyon; — Charbonnières; — j'y suis restée six ans; c'est là que, sans autres secours que ceux d'une mercenaire placée près de moi, bien moins pour me servir que pour me garder, j'ai donné le jour à mon fils. Mon mari venait me voir une fois, deux fois par semaine, dans ma prison. Ma prison!.. Ah! que n'y suis-je encore, dans cette prison! J'y avais une étoile pour illuminer ma solitude, du moins! Mon enfant. Mais un matin tout cela changea. Mon mari avait décidé que son honneur n'avait plus à s'inquiéter de mon séjour à Lyon; il me rappelait à son foyer. Son honneur!... C'est-à dire qu'ayant compromis sa fortune dans des spéculations plus que hasardeuses, il lui fallait, pour la reconsolider, recourir à des moyens qui nécessitaient mon aide. Et, cette aide, je m'y prêtai sans conteste. Savais-je qu'en apposant ma signature au bas de certains papiers, je me dépouillais en ruinant du même coup mon enfant?

« J'abrége: loin de se relever, mon mari s'inclinait, au contraire, de jour en jour, vers la ruine. Alors une sorte de rage folle le saisit. Ne pouvant s'en prendre aux autres de ses fautes, et ne voulant point s'en prendre à lui-même, il s'en prit à moi. Qu'avait-il à me reprocher, pourtant? De lui avoir abandonné jusqu'au dernier sou de ma dot pour le sauver? Ce que sa haine inventa de tortures à mon égard, vous ne le croiriez pas. Mon âme et mon corps, à la fois, y furent soumis. D'abord, il m'enleva mon enfant. Ensuite, il me força à vivre dans la société d'hommes que je méprisais, de femmes qui me faisaient honte et horreur. Oui, monsieur, cet homme, autrefois par son nom, sa fortune, l'un des premiers de Lyon, en était tombé à ce degré d'abjection de ne plus se plaire qu'au milieu d'escrocs et de filles perdues. Aux escrocs attablés avec lui autour d'un tapis vert, il jetait ses dernières pièces d'or; aux filles perdues... Oh! l'une d'elles surtout, la misérable! la misérable!... »

*
* *

Madame La Fougeraie s'était voilé le visage de ses deux mains, comme si quelque fantôme horrible se fût soudain dressé devant elle...

Et, tout ému lui-même, tout bouleversé, Christian s'écria:

— Assez, madame! assez!... Oh! combien je me repens, maintenant, d'avoir évoqué ces tristes souvenirs!

Il y eut un instant de silence... Enfin, découvrant à Christian des yeux noyés de pleurs:

— Vous l'avez voulu, monsieur! dit doucement Fernande.

Et comme il ouvrait la bouche pour témoigner de nouveau de ses regrets:

— Oh! poursuivit Fernande du même ton, je ne vous blâme pas, d'ailleurs! Votre curiosité était toute naturelle... et puisque aussi bien demain, après-demain, vous traitant en ami, il m'eût fallu tout vous dire... pourquoi ne pas le faire tout de suite?...

— Mais...

— Mais je vous ai tout dit... ou à peu près. Que pourrais-je vous dire encore que vous n'ayez deviné? Un jour, à bout de ressources, d'une part, de l'autre, sans doute rassasié du spectacle de mon martyre, mon mari me quitta pour vivre avec... avec une de ces femmes dont je vous ai parlé.

« Ma tante — qui revenait en France, à cette époque, d'Allemagne, où elle avait vécu dix ans et où elle avait eu, tout récemment, la douleur de perdre un mari qu'elle chérissait... — il n'y a pas que de méchants maris, heureusement! — ma tante arrivait à Lyon comme je vendais ma dernière bague — un anneau d'or que m'avait donné ma mère — pour m'acheter du pain...

— Oh!... — Mais... votre enfant?

— Ah!... mon enfant...— *Il* l'avait emmené avec *lui*; *il* avait voulu l'emmener avec *lui*.

— Mais la loi vous autorisait...

Fernande regarda son interlocuteur en face.

— La loi ne pouvait rien pour moi, dit-elle.

— Rien!... répéta Christian. Rien!... Mais vous vous trompez, madame! La loi est toute-puissante, partout et toujours! D'après ce que vous m'avez raconté, l'issue d'un procès intenté par vous à votre mari n'eût pas été douteuse. Les tribunaux eussent ordonné...

— La remise entre mes mains de mon enfant... Et qu'y eussé-je gagné si?...

— Si?...

— Si... l'on ne m'avait remis mon enfant... que mort?

— Mort!... Grands dieux!

— Mort!... Oui, monsieur; c'est par cette épouvantable menace que mon mari a clôturé ses adieux. « *Je veux* garder mon fils avec moi, m'a-t-il dit, comme je me traînais à ses genoux; *je le veux*... et malheur à vous, malheur à lui, si vous cherchiez jamais à me l'arracher!... Je vous le jure, *je ne vous le rendrais pas vivant!* »

*
* *

Christian se leva, pâle, frémissant.

— Ah! reprit Fernande, vous avez peine à croire à une telle monstruosité, n'est-il pas vrai, monsieur? Un père menaçant une mère de tuer leur enfant si elle osait user de ses droits pour le lui enlever!

« Eh bien, cela est, monsieur! Cela est! Mon mari m'a dit cela!... Et, je le connais... il est capable de tenir son serment!...

« C'est pourquoi, depuis quatre ans que nous sommes séparés, je n'ai pas fait un pas, un geste, pas écrit une ligne, un mot, pour me rapprocher de mon fils. »

— Et... où est-il, à présent, le savez-vous, madame, votre mari?

Christian avait prononcé ces paroles avec un accent singulier. Nous ne garantirions pas que son intention — formelle — en ce moment, dans le cas où on lui apprendrait ce qu'il demandait, fût de courir *illico* près de ce criminel mari, de ce père dénaturé, pour lui ravir, par la ruse ou par la force, son fils!...

Et cependant, mon Dieu!... si madame La Fougeraie s'y fût un peu prêtée!...

A trente ans, avec du sang dans les veines, et un cœur qui bat sous la mamelle gauche, quel homme n'accomplira, les yeux fermés, une généreuse folie?

Mais madame La Fougeraie ne s'y prêta point.

En revanche, elle sut gré à Christian de son intention — formelle ou non — et elle le lui prouva.

— Merci, dit-elle en lui tendant la main; merci, *mon ami!*

Remercier quelqu'un d'une pensée qu'il n'a pas même exprimée, n'est-ce pas le plus doux témoignage de la plus vive sympathie?

Plus reconnaissant que respectueux, cette fois, Christian baisa la main de Fernande...

Et, au contact de ses lèvres, il lui sembla sentir la jeune femme frissonner.

Pourquoi non? Elle n'avait jamais aimé... pourquoi n'aimerait-elle pas?

*
* *

— Et depuis quatre ans vous habitez ici? reprit-il.

— Quatre ans, non; j'ai d'abord habité près d'un an avec ma tante. Nous avons voyagé quelques mois; puis madame Bernier est allée se fixer à Auteuil, et c'est elle alors qui a exigé que je vinsse demeurer dans le centre de Paris, parce que, supposait-elle, j'y trouverais plus de distractions qu'à ses côtés.

— Et... vous n'avez jamais rencontré?...

— Mon mari? Jamais. On nous a dit, à ma tante et à moi, qu'il s'était retiré à Marseille avec sa maîtresse.

— Le nom que vous portez ..

— N'est pas le sien... Oh! non!... A quoi bon garder le nom d'un homme qui n'est plus rien pour vous? Celui que je porte appartenait à ma mère!...

— Et M. et madame Bachereau connaissent...

— Mes malheurs, oui; ma tante les leur a contés. De braves gens, et dont la société m'est chère.

— Le père et la mère sont aimables... mais la fille...

— Léonie a des qualités aussi, je vous assure; on l'a un peu gâtée, peut-être... on a eu tort. Au reste, je n'ai eu qu'à me louer d'elle toujours.

— Elle doit plus encore se louer de vous, si charmante pour elle!..

— Charmante? Ah! parce que je lui donne quelques conseils pour son piano!...

— Conseils qui ne lui profiteront guère!

— Vous n'aimez pas Léonie, décidément?

— Non, je ne l'ai jamais aimée.

— C'est vrai... vous l'avez connue à Rennes?

— Je l'ai connue... tout enfant. Et elle me déplaisait fort déjà.

— Pauvre petite!... Eh bien, je vous répète que je la crois plus étourdie que méchante...

— Si je ne craignais d'être importun — que mademoiselle Léonie soit ce qu'elle voudra, peu m'importe au fond, vous savez?... — je vous prierais...

— Vous me prieriez?...

— Je vous ai si peu entendue, samedi dernier.

— Entendue? Comment! Ah! au piano. Mon Dieu, s'il vous est agréable, je ne demande pas mieux... mais j'y touche si rarement, à mon piano... Oh! il y a plus d'un mois, je gage, que je ne l'ai ouvert! Il doit être horriblement faux.

*
* *

On le voit, l'entretien, entamé sur un ton grave, triste, était devenu peu à peu intime, presque gai. Avec accompagnement de piano, maintenant! Mais on ne peut pas toujours pleurer, non plus!

Fernande avait calomnié son instrument. Il était parfaitement d'accord. Elle préludait :

— Que vous ai-je joué, l'autre jour? dit-elle. Ah! des valses de Beethoven, n'est-ce pas?

— Oui.

— Faut-il vous les jouer encore?

— Tout ce qu'il vous plaira.

Ce qui plaisait à Fernande n'était peut-être pas, quoi qu'il en dît, en cet instant, ce qui plaisait à Christian. Un remords dans ces premiers accords, qui n'avaient été pour lui, quelques jours avant, qu'un souvenir aimable. Il était là, près d'une femme, d'une très-jolie femme, dans des intentions... rien moins que morales, il faut bien se l'avouer... et à une centaine de lieues, en feuilletant peut-être ce même Beethoven, sa fiancée, sa bonne Edmée soupirait en songeant à lui.

— Vous ne chantez pas? dit-il, comme elle achevait une valse.

Elle secoua la tête. — Il en demandait trop aussi pour une première fois.

— *Je ne chante plus!* répliqua-t-elle.

— Pardon! murmura-t-il.

Pardon, très-bien! Cependant il méritait d'être puni pour avoir oublié si vite qu'une mère, à jamais séparée de son enfant, ne saurait prodiguer immédiatement tous ses talents à un ami.

On quitta le piano, et, du geste, on montra la pendule. Cinq heures. La visite de Christian en avait donc duré quatre! Après tout, comme début, c'était raisonnable.

Il s'inclina, et, quittant le salon, sur les pas de Fernande, il rentra dans le boudoir prendre son chapeau.

Mais, près de s'éloigner :

— Quand me permettez-vous de revenir? dit-il.

Elle sourit. — Il était suffisamment puni.

— Vous voulez donc revenir?

— En doutez-vous?

— Vous ne vous êtes donc pas trop ennuyé?

— Oh!

— Eh bien... l'oranger vous le dira.

***

Le lendemain, pas plus tard, l'oranger disait : « Venez. »

VIII

LA CHASSE A L'ALOUETTE.

Nous ne ferons pas en détail l'historique des amours de Christian et de madame La Fougeraie. Qu'apprendrions-nous, à ce sujet, au lecteur, qu'il ne sache d'avance?

Étant donné un homme et une femme amoureux l'un de l'autre — lui, surtout, amoureux; elle, par-dessus tout, très-habile — qui, trois semaines durant, ont passé toutes leurs journées et toutes leurs soirées ensemble, quelles déductions tirer? Qu'ensemble cet homme et cette femme sont bien près de passer toutes leurs nuits? Ni long ni difficile à résoudre, ce problème. Newton seul, bien que grand mathématicien — et peut-être parce que trop grand mathématicien — n'y eût vu goutte.

Cependant ce n'avait pas été sans lutte contre lui-même que Christian — au point où nous allons reprendre les faits en — était arrivé à ce degré de passion où il ne dépend plus que de la volonté de l'objet de cette passion qu'on se précipite aussitôt, tête baissée, dans un abîme.

D'abord, à l'issue de sa première visite à Fernande, récapitulant les divers épisodes du drame intime que lui avait conté la jeune femme, Christian s'était rappelé ce passage de la philippique de Pascal contre les femmes séparées de leurs maris : « Écoutez-les, ces dames; qui faut-il accuser de la situation anormale dans laquelle elles vivent, dans laquelle elles mourront? Leurs maris, et toujours leurs maris. Leurs maris sont des brigands, des misérables, criblés de tous les vices, capables de tous les crimes. »

Ah! Pascal avait touché juste, et — l'événement le prouvait — madame La Fougeraie ne faisait pas exception à la règle. Son mari, à elle aussi, était un monstre! Oh! oui, un monstre, qui préférait égorger son fils plutôt que de l'abandonner à sa femme!...

Mais, en définitive, pourquoi madame La Fougeraie

eût-elle menti? N'y a-t-il pas, malheureusement, des monstres dans la société, et, chaque jour, leurs infamies ne nous sont-elles pas attestées par d'odieux débats devant les tribunaux? D'ailleurs, madame La Fougeraie n'était pas absolument dans la position des femmes dont parlait Pascal; elle était séparée de fait de son mari, mais non de droit; elle n'avait demandé *ni obtenu* cette sorte de divorce mitigé qui, bien que ne rendant pas leur liberté entière aux époux divisés, leur permet cependant de vivre à peu près indépendants l'un de l'autre.

Restait ce luxe dans lequel vivait Fernande, luxe un peu bien extraordinaire, quoi qu'elle en eût dit, chez une femme si accablée, si isolée! Plus extraordinaire encore, émanant d'une vieille parente dont l'extérieur ne révélait en quoi que ce fût ce penchant aux magnificences.

Mais si madame Bernier aimait sa nièce, et si sa nièce était son unique et légitime héritière, pourquoi cette tante n'eût-elle pas comblé de ses bienfaits cette nièce? Et puis, généralement, ce n'est point sur leur extérieur qu'il faut juger les millionnaires. Qui disait à Christian que cet élégant bien-être dont elle se plaisait à entourer Fernande, madame Bernier ne le pratiquait pas, pour son agrément personnel, dans sa propre maison?

Enfin, dernier motif pour Christian — toutes autres appréhensions à part — de s'alarmer d'une tendre liaison au moment où il pouvait la croire susceptible de se former :

Comment romprait-il, quand il le voudrait — quand il le faudrait — avec cette liaison?

Une question que nous l'avons vu déjà soulever...

Soulever, mais non résoudre.

Et qu'il ne résolut pas davantage, cette fois — et cent fois encore — en la soulevant de nouveau.

⁂

Cent fois, nous exagérons.

Après une dizaine de visites à Fernande, Christian n'était plus capable de se demander: « Comment ferai-je pour redevenir sage? » Il était devenu complétement fou.

Oh! c'est que la sirène n'avait rien négligé non plus pour enlever la raison à son adorateur.

Vous plaît-il un exemple?

C'était un soir; en entrant chez madame La Fougeraie, Christian la trouva qui écrivait, et qui écrivait avec une attention telle qu'elle ne l'entendit pas annoncer.

Discret, Christian demeurait à l'écart.

Mais tout à coup il tressaillit. Ce n'était pas une erreur : il avait vu une larme rouler de la joue de Fernande sur le papier!

Il s'approcha.

— Fernande! dit-il.

Elle se leva; elle était pâle, elle pâlit davantage.

— Ah! c'est vous! balbutia-t-elle.

— Je vous dérange?

— Non!...

— Cependant... vous écriviez!...

— Oui... j'écrivais...

— Et le sujet de votre lettre est triste, sans doute, car vous pleuriez?

Elle s'essuya vivement les yeux.

— Je pleurais... moi!... Mais pas du tout. A quel propos pleurerais-je? Cette lettre... est pour un ami... à qui j'apprends...

— A qui vous apprenez?...

Elle hésita.

— Que je quitte Paris demain, dit-elle enfin.

Christian pâlit à son tour.

— Vous quittez Paris demain, vous! reprit-il. Ah!... Et ce billet, c'est à moi que vous l'écriviez, n'est-ce pas?

Il s'élançait pour le lire; mais, saisissant le papier qu'elle roula entre ses doigts :

— A quoi bon lire? fit-elle. Puisque vous voici, je vous dirai de vive voix ce que je vous disais là-dedans.

— Soit! parlez, j'écoute. Pourquoi quittez-vous Paris demain?

— Parce qu'il le faut.

— Et pourquoi le faut-il.

— Parce que... je ne puis... je ne dois pas rester plus longtemps ici.

— Et pourquoi ne pouvez... ne devez vous pas rester plus longtemps ici?

Elle hésita encore, puis, essayant de sourire :

— Eh bien, je m'abusais, mon ami, dit-elle; oui, je m'aperçois à présent qu'il est de ces choses plus faciles à écrire qu'à dire. Laissons donc cela. Ce soir... demain matin... je recommencerai ma lettre... et...

— Et vous vous imaginez que j'attendrai tranquillement jusqu'à demain pour connaître la cause de votre résolution! Allons donc! Fernande, que vous ai-je fait pour que vous vous éloigniez de moi? Vous m'appelez votre ami; ne suis-je plus digne de ce titre? avez-vous le moindre reproche à m'adresser? Depuis huit jours que vous me permettez de venir chez vous, ai-je démérité, par quoi que ce soit, de votre confiance, de votre estime? Ne vous ai-je pas toujours témoigné le plus profond respect?

⁂

Innocent!... Mais c'était justement de son respect qu'on commençait à se lasser! Après huit jours, c'était le premier : « Fernande, » qu'il osât employer, au lieu du révérencieux : « Madame. » Et cela encore en tremblant!

Ah! il prenait trop au sérieux son personnage d'ami.

Et le temps marchait, pourtant? M. André n'en avait plus que pour trois semaines à parcourir la Bourgogne!

Si elle n'en hâtait pas un peu les péripéties, Fernande risquait de ne pas atteindre le dénouement de sa comédie.

⁂

— Vous l'exigez, dit-elle, avec une gravité qu'atténuait une nuance d'*émotion contenue*.

« Non, je n'ai aucun reproche à vous adresser; non, vous n'avez point démérité de ma confiance et de mon estime.

NI FILLE, NI FEMME, NI VEUVE
PAR HENRY DE KOCK.

Que dites vous? à qui écrivez-vous? (Page 34.)

« Mais... — ai-je tort de penser ainsi? Je ne le crois pas; — mais, quelque pures que soient nos relations, il ne me semble pas convenable qu'elles se continuent.

« Oh! laissez-moi poursuivre! Je sais ce que vous allez me répondre : toute joie, tout bonheur doivent-ils m'être interdits, parce que mon mari m'a abandonnée? Non. Telle est votre opinion, et c'est aussi, je dois le reconnaître, celle de ma tante, à qui je n'ai point fait mystère de vos visites, et qui n'y a rien vu de blâmable.

« Mais si l'indulgente bonté de ma tante, si l'intérêt que vous me portez justifient, à nos yeux à tous trois, ces relations, s'ensuit-il qu'il soit prudent à nous de les considérer comme suffisamment autorisées? Au-dessus de nous, n'y a-t-il pas le monde, qui a mission d'observer... et de juger? »

— Le monde! s'exclama Christian; de quel monde avez-vous à vous inquiéter, puisque vous ne voyez ni ne recevez personne?

Madame La Fougeraie hocha la tête.

— Et si je vous disais, reprit-elle, qu'ici même, dans ma maison, depuis huit jours, je suis en butte à d'hypocrites malignités!

— Dans votre maison? Votre domestique qui...

— Ma domestique... mon concierge... oui. Eh! mon Dieu! ils font leur œuvre de valets, ces gens; œuvre vile et basse, je vous l'accorde... Mais qui rampe peut-il voir plus haut que soi!

— Et ce serait à cause de ces créatures?...

— Non. Ce n'est pas à si peu que je vous sacrifie, mon ami, c'est au devoir : le devoir, qui m'enjoint de détourner de moi jusqu'à l'ombre du soupçon.

« Et puis, réfléchissons froidement, — si nous pouvons, — je vous prie! En admettant que je méprisasse les sourdes et ignobles rumeurs que je perçois involontairement autour de moi, qu'y gagnerais-je? Qu'y gagneriez-vous vous-même? Dans six semaines, deux mois, ne retournerez-vous pas en Bretagne, où vous êtes attendu? Eh bien, obligés de nous séparer bientôt pour toujours, pourquoi, comme à plaisir, rendre cette séparation plus pénible, en affermissant une inutile amitié?

— Une inutile amitié!... Alors les quelques heures que vous m'avez accordées déjà ne sont pour vous que des heures perdues?

— Je ne dis pas cela.

— Que dites-vous donc?

— Je dis... que, pour vous comme pour moi, mon ami, mieux vaut en finir tout de suite. Je dis...

* * *

Fernande s'était arrêtée, comme si elle n'eût pas eu la force de poursuivre, et toute pensive, elle s'assit en face une très-mignonne table-bureau.

Christian s'approcha de la table et s'y appuyant.

— Que dites-vous et à qui écrivez-vous? fit-il. Puisque vous me chassez, il ne doit pas vous en coûter de m'expliquer jusqu'au bout le motif de votre conduite.

Elle le regarda d'un air hagard.

— Je *le* chasse! murmura-t-elle, je *le* chasse!

Il lui saisit les deux mains.

— Fernande!

Elle pleurait...

— Ma chère Fernande!... si ce n'est que la crainte d'une séparation prochaine qui vous oblige à une séparation immédiate, oh! mais ordonnez! Ce mariage que j'avais accepté...

Elle frissonna.

— Moi, j'e..traverais votre fortune!...

— Ma fortune est à l'abri de toute entrave.

— Votre bonheur!

— Mon bonheur est près de vous.

— Près de moi! Oh! près de moi!... Et je l'écoute!... je l'écoute... comme s'il m'était permis, sans crime, de l'écouter!

« Malheureuse! Ah! malheureuse! il ne manquait plus que cette misère à tes misères! »

— Fernande!

— Non, laissez-moi, de grâce, mon ami! Si vous m'aimez... partez... éloignez-vous! Qu'espérez-vous, voyons? Mais je ne m'appartiens pas... et je ne puis appartenir à personne!... Oh! que j'avais raison de ne pas vouloir vous recevoir!

— Fernande!...

— Non! non!... Donner à *cet homme*... là-bas... le droit de me mépriser comme je le méprise! jamais!...

« Monsieur Christian Le Guern, vous êtes un honnête homme, vous; eh bien, c'est comme tel que je vous adjure de sortir d'ici pour n'y jamais rentrer! N'est-ce pas, mon ami, que vous aurez pitié d'une pauvre femme qui vous supplie? Vous n'abuserez pas?... Ah! oui, il manquait cette douleur à mes douleurs... ces larmes à mes larmes! Mais non, je ne pleure pas! Pourquoi pleurerais-je? Est-ce que je vous connais, moi, monsieur? Ah! ah! parce que je vous aurai reçu huit jours chez moi, il faudra!... Adieu... adieu!... »

Elle le repoussait et le retenait à la fois. Une scène de haute science, et qui eût fait grand honneur, — comme jeu, — à notre inimitable Fargueil...

Tant il y a qu'au milieu de ces cahotements, les lèvres de Christian rencontrèrent celles de Fernande.

Le prologue qui s'achevait. Fin du prologue : le Respect détrôné par le premier Baiser. — Tableau.

Oh! le premier baiser! Quelle histoire terrible et charmante, amère et suave, à écrire, que celle du premier baiser dans ses catégories multiples, depuis la jeune fille qui le donne dans un sourire, jusqu'à la courtisane qui le vend... dans un bâillement!

C'en était fait, la glace était brisée : Christian avait bu, sur les lèvres de Fernande, ce philtre qui, par opposition avec ceux issus de la vigne, enivre d'autant plus qu'on en boit moins.

Et Fernande était trop adroite pour laisser Christian vider tout de suite, tout entière, la coupe des voluptés. Avant de lui permettre d'assouvir sa soif, elle exigeait des garanties.

* * *

Et maintenant, nous reprenons notre récit à trois semaines, jour pour jour, de date de la première visite de Christian à sa jolie voisine.

Il était quatre heures de l'après-midi, Christian et Fernande se promenaient en calèche au bois de Boulogne.

Depuis une huitaine, Fernande avait consenti à sortir avec Christian. En s'entourant de précautions minutieuses, toujours! Dans une voiture fermée, en un lieu convenu, — le plus désert possible, — Christian attendait la jeune femme; elle arrivait, hermétiquement voilée. Allait-on dîner au restaurant, c'était à la nuit noire; au théâtre, on se blottissait au fond d'une loge obscure...

Mystère! un charme de plus en amour. L'unique charme même dans certaines amours. Nous connaissons un artiste qui n'est fidèle à sa maîtresse, — une femme mariée, jeune... jadis; jolie, jamais, — que parce que, pour le voir, la dame est forcée de se glisser par une foule de petits chemins dérobés. Des petits chemins que l'on parcourt, une ou deux fois par semaine, depuis tantôt quinze ans, ne peuvent plus guère avoir rien de secret pour personne. Les chemins de Polichinelle! Mais c'est la foi qui sauve! Notre artiste se figure que sa liaison est ignorée, parce que, par discrétion ou par politesse, nul ne lui en parle. Ce silence autour de lui le rajeunit... en rajeunissant également, — et il n'y a pas de mal! — sa maîtresse...

Et c'est ainsi que l'ombre aura vivifié des tendresses qui seraient mortes au soleil. Par reconnaissance, madame X, — la dame en question, — illumine les jours d'éclipse.

* * *

La voiture, s'éloignant du lac, gagnait une avenue coupée d'allées solitaires où, chaque jour, nos amants se plaisaient à s'égarer, bras dessus bras dessous, une heure ou deux.

En attendant, assis côte à côte, la main dans la main, chacun d'eux s'égarait dans ses méditations respectives.

Très-bon, cinq minutes de méditations pour clôturer un doux entretien avec l'objet aimé. Cela repose l'âme et rafraîchit l'esprit.

Et voulez-vous un aperçu des pensées de Christian et de Fernande en cet instant? Je place mon objectif et je photographie. Si l'épreuve est un pèu confuse, elle a du moins cet avantage de n'avoir point subi de retouches.

CHRISTIAN.

« Mon père m'a écrit; il se plaint que je néglige mademoiselle Lamorère. Pauvre Edmée! il est vrai, je ne m'occupe pas beaucoup d'elle, depuis quinze jours surtout!... Et Pascal qui m'a demandé ce matin si c'est que je suis mécontent de l'auberge que je néglige l'aubergiste. Oh! il riait, mais je suis bien sûr qu'il se doute de ce qui se passe. Et que m'importe l'opinion de M. Pascal! Un homme qui n'aime pas les femmes, — il l'avoue, — peut-il comprendre quelque chose à l'amour! — Elle a l'air triste, aujourd'hui, ma Fernande! Singulière femme! Elle ne me parle jamais de rien de ce dont elle devrait, ce me semble, sans cesse me parler. Jamais un mot sur mon départ, mon mariage. Elle pense donc que j'ai renoncé à l'un et à l'autre? Mais alors pourquoi... — Qu'elle est jolie!... Oui, mais... si je reste près d'elle... si je ne me marie pas... maintenant... — Enfin, elle m'aime ou elle ne m'aime pas... et elle m'aime! Oh! elle m'aime!... par conséquent... — Un sentiment de pudeur qui la retient... La crainte... la honte. Ne me le disait-elle pas hier en rougissant : « Pourquoi ne vous ai-je pas rencontré quand j'avais seize ans ! » Quand elle avait seize ans, je n'en avais guère plus, moi... et je ne vois pas trop ce qui eût pu résulter... Un homme ne se marie pas à seize ans. Ah!... le mariage! Quelle fâcheuse idée j'ai eue de consentir... Fâcheuse... J'aimais bien Edmée aussi... oui, je l'aimais, mais non comme j'aime Fernande!... Après tout, quand j'écrirais un de ces matins à mon père que... Il sera furieux!... Et pour la famille Lamorère, donc, quel affront! Quel scandale dans toute la ville. Bah! tous les torts seront de mon côté, Edmée n'aura pas à souffrir de cette rupture. Elle en épousera un autre... et moi! Si Fernande voulait, nous partirions; nous irions loin, bien loin... en Russie, en Egypte! Dans un an ou deux, nous reviendrions; mon père me pardonnerait... Elle... — elle... que deviendrait-elle alors? Eh bien, nous verrions!... N'y a-t-il pas des milliers d'exemples de gens qui vivent ensemble... comme nous vivrions!... O ma Fernande!... »

FERNANDE.

« J'ai eu tort d'affecter de ne plus lui souffler mot de son mariage. Il croit peut-être que j'en ai pris mon parti! Non! il ne croit pas cela. Mais que croit-il donc? Ah! si M. André n'existait pas, je me soucierais comme d'une heure des semaines qui s'écoulent. Mais, dans huit jours, il va revenir... il me l'a écrit! Dans huit jours! J'ai froid dans le dos quand j'y songe!... Non, oh! non! Je mourrais de dégoût, maintenant, dans les bras de cet homme... tandis que près de *lui*... Il est beau, *lui*, spirituel! Est-ce que je l'aime? Oui, je l'aime!... et c'est parce que je l'aime que je ne veux pas qu'il me quitte... jamais! jamais!... — C'est long, jamais! *Son* père, *sa* future vont se désoler là-bas! Et la future, encore, se calmera... mais le père!... Et c'est que, sans le père, plus d'argent! Hum! plus d'argent... comme associé, il doit être en mesure d'exiger... — Allons, il n'y a plus à balancer; à la première occasion, j'aborde carrément la question. Il faut partir... partir bien vite. — Est-il bête! S'il avait l'idée de me le demander, à partir, *lui!* Où irons-nous? J'ai toujours eu envie de connaître l'Italie. Ah! à la bonne heure, avec *lui*, ça m'amusera de voyager. J'écrirai à M. André que... et... il n'y a pas de danger qu'il coure après moi, celui-là! Et son commerce, et son vin! Eh! eh! on ne sait pas! Par dépit, si ce n'est par amour. Il n'a pas l'air caressant, ce gros homme, quand il s'y met!... Un mouton enragé! — Mais l'occasion, l'occasion de lui dire : « Partons! » Peuh!... Une feuille qui tombe, un caillou qui roule!... Guettons la feuille! guettons le caillou! »

∴

Il y avait, comme on voit, parité de pensées sur plusieurs points, entre Christian et Fernande.

Et, pour notre part, nous ne regrettons pas ce coup d'œil glissé par nous dans le cœur de madame La Fougeraie; nous avons acquis ainsi la conviction que cette femme était susceptible d'amour. — Un motif de lui épargner quelques pierres à l'heure de la lapidation.

∴

La voiture s'arrêta. — Le cocher avait ses instructions.

— Descendons-nous, mon ami? dit Fernande.

— Volontiers.

— A quoi songiez-vous, dans votre coin?

— Et vous, dans le vôtre?

Elle se serra contre lui.

— Je me disais que la vie m'est heureuse à vous aimer!

— Fernande!...

— Et vous?

— Je me disais que je n'ai jamais été si heureux.

∴

Elle avait relevé sa voilette. Si léger que soit un obstacle, c'est un obstacle.

— M'aimez-vous?

— Ne viens-je pas de vous le dire?

— Répétez-le-moi... répétez-le-moi... bien

— Christian!

— De quoi avez-vous peur? il n'y a jamais un chat par ici.

— Mais le cocher qui peut nous voir!

— Oh! le cocher! il dort. — M'aimez-vous, Fernande?

— Mais, combien de fois faut-il donc vous le dire... pour que vous le croyiez?

— Toujours!...

∴

Babillage amoureux, tout plein d'harmonies indicibles, comme un gazouillement d'oiseaux, il appartient bien plus au musicien qu'à l'écrivain d'essayer de te reproduire. Pour savoir ce que pouvaient se dire, à cette heure, Christian et Fernande, presque sans se parler, fermez les yeux, lecteur ou lectrice, et évoquez vos souvenirs. — Vos souvenirs d'hier, je vous le souhaite.

IX

LE MOUTON ENRAGÉ.

Ils marchaient entrelacés...

Tout à coup...

Que diable faisaient là ces gens, je vous le demande?

Les Bachereau!... Comprenez-vous? les trois Bachereau, père, mère et fille, se dressant soudain, en face de Christian et de Fernande, dans ces sentiers d'un tacite accord réservés aux galantes rêveries?

Une fantaisie de mademoiselle Léonie; elle cherchait des noisettes par là.

Mais fille honnête choisit ses endroits, mademoiselle, pour chercher des noisettes!

Et si elle choisit mal, c'est à son père et à sa mère à rectifier la direction de ses pas!

Enfin, comme l'ombre de Banquo, sous une triple forme, monsieur, madame et mademoiselle Bachereau étaient donc apparus à Christion et à Fernande...

Et cela, juste au moment...

Ah! je vous l'ai dit : on n'avait pas relevé, pour rien, la voilette!

Les trois femmes poussèrent, en même temps, un cri... les deux hommes une exclamation...

Puis... puis, comme des oiseaux de nuit effarouchés par la lumière, les trois Bachereau détalèrent...

Et tandis que Christian les suivait d'un regard courroucé :

— Perdue! gémit Fernande, s'appuyant, chancelante, contre un arbre, je suis perdue!...

Traduction libre : « J'ai trouvé mon caillou! »

* * *

— Voyons, Fernande, pourquoi ce désespoir?

— Vous le demandez, mon ami, quand l'unique maison qui m'était ouverte m'est, dès ce moment, fermée!...

— La belle perte, après tout!... Des gens bêtes et ennuyeux!

— Oh! ne parlez pas de la sorte, Christian!... De bonnes et honnêtes gens, qui avaient une affection sincère pour moi, de l'estime...

« Et qui maintenant!...

« Oh! c'est surtout à cause de Léonie que je suis désolée!... Une jeune fille!... elle nous a vus!... Quelle honte!...

« Et ma tante à qui ils vont tout apprendre!... »

— Ce qui prouverait que ce ne sont pas de si bonnes gens que vous le croyez.

— Et comment voudriez-vous qu'ils gardassent le silence? Est-ce possible? ne faut-il pas qu'ils expliquent à ma tante?...

— Comme il est évident que vous ne leur donnerez pas la peine de vous mal recevoir, ils pourraient se dispenser...

— Enfin... pour vous-même, mon ami. M. et madame Bachereau ne connaissent-ils pas beaucoup de monde à Rennes?...

— Après?

— Après!... mon Dieu! vous avez l'air de prendre froidement cette aventure... mais ses conséquences son affreuses; pour moi c'est le mépris... pour vous...

— Pour moi, Fernande, c'est le bonheur... le bonheur sans bornes!... si vous voulez.

— Le bonheur sans bornes?... Que signifie?...

— Cela signifie que demain, si vous voulez, nous aurons quitté Paris...

— Quitté Paris!... et où irons-nous donc?

— Qu'importe où nous allions, pourvu que nous ne nous quittions plus!

— Ne plus nous quitter!... oh!... mais vous êtes en délire, mon ami... et votre mariage?...

— Mon mariage!... est-ce que je puis me marier, à présent que je vous aime, Fernande! Est-ce que je puis vivre sans vous! Ah! et vous n'en doutez pas non plus, n'est-ce pas? vous ne me faisiez pas l'injure d'en douter? Depuis longtemps vous étiez convaincue qu'il n'y a plus que vous pour moi au monde... et si vous évitiez d'effleurer certain sujet... c'était par amour encore, vous attendiez que je vous proposasse, moi-même, de partir.

— Christian... mon Christian!... Oh! il m'avait devinée... il m'avait devinée!... c'est donc vrai qu'il n'y a, quelquefois, qu'une seule pensée pour deux âmes! Mais, non... non... je n'accepte pas... je ne dois pas accepter!... Une femme mariée... songez-y, je suis une femme mariée, mon ami...

— Votre mari vous a abandonnée... votre mari n'existe plus.

— La loi n'a pas ratifié notre séparation! mon mari a le droit, un jour...

— De vous arracher de mes bras... je l'en défie!...

— Mais votre père?...

— J'écrirai à mon père : « J'aime! » et il pardonnera.

— Votre fiancée?...

— Elle oubliera.

— Vous-même?

— Moi-même? quoi! moi-même? Craignez-vous que l'amour que vous m'avez inspiré ne soit pas durable?

— Non!... j'ai foi en vous, mon ami! Et pourtant... là-bas, c'était une jeune fille pure qui vous était destinée, Christian... et moi... éternelle douleur de ma vie!... stigmate ineffaçable!... moi, j'ai appartenu à un autre... moi...

— Tais-toi!... Tu n'as vécu que depuis le jour où tu as aimé, ma Fernande... et c'est moi que tu aimes, n'est-ce pas? Je suis le seul que tu aies jamais aimé?...

— Oh!...

— Eh bien! il n'y a pas de passé pour moi... il n'y a que le présent et l'avenir... le présent et l'avenir que je mets à tes pieds, entends-tu?... avec tout mon sang... avec toute mon âme?...

« Où veux-tu aller? droit devant nous, dis? Au hasard? Nous prendrons le premier chemin venu et nous nous y laisserons emporter les yeux fermés... heureux de les rouvrir toujours en face l'un de l'autre. »

⁂

Ils avaient dîné. — Et avaient-ils dîné? A peu près. Les amoureux mangent si peu et si mal! — Au sortir du restaurant, la voiture reçut ordre de les conduire rue Saint-Georges, 43, directement. Puisqu'on partait demain quelle nécessité de se gêner ce soir? On voulait s'occuper des préparatifs du voyage, toute cette soirée; et, en effet, après avoir renvoyé Thérèse, madame La Fougerais commença de placer, dans des malles, des robes, des fourrures, des dentelles... Mais pareil travail quand on a tant à causer, c'est bien fastidieux!

— J'apprêterai tout cela cette nuit, n'est-ce pas? dit Fernande à Christian.

— Cette nuit! vous ne dormirez donc pas?

— Et vous?

— C'est vrai... nous ne dormirons guère, ni vous ni moi, toute cette nuit; la dernière qu'il nous reste à passer séparés!...

Fernande rougit à cette allusion de son amant à une prochaine et délicieuse intimité. Elle rougissait et pâlissait à volonté, cette chère Fernande!...

— C'est égal, reprit-elle, il faut être sages. Quelle heure est-il? neuf heures; nous nous quitterons à onze.

— A minuit, c'est bien assez tôt! Et, une réflexion: somme toute, vous n'êtes pas mécontente de cette fille qui vous sert?

— Non, je lui crois même quelque attachement pour moi.

— Pourquoi ne nous suivrait-elle pas? nous aurons toujours besoin d'une domestique: autant celle-ci qu'une autre!

— Soit! je lui parlerai de cela quand vous serez parti.

— Elle resterait demain pour disposer vos malles et nous rejoindrait...

— Nous rejoindrait où, puisque nous ignorons encore?...

— Où nous allons... c'est juste! Il s'agirait donc de le décider. — J'avais songé... en Russie... non, il fait trop froid en Russie!... En Égypte...

— Il fait trop chaud!...

— Et puis un long voyage vous effraie... bien que rien ne nous oblige à nous presser. Si nous nous rendions tout simplement en Italie?

— L'Italie ne me déplaît pas.

— Eh bien, va pour l'Italie. Nous nous embarquerons à Marseille, où Thérèse nous rejoindra avec vos bagages et les miens... et de cette façon point de fatigue pour vous, cette nuit... point d'embarras en route. A quelle heure partirons-nous demain? De grand matin, hein?

— Oh! d'aussi grand matin que vous voudrez.

— Avez-vous un indicateur des chemins de fer, ici?

— Oui, attendez.

⁂

C'était dans la chambre à coucher que cet entretien avait lieu, entre nos amants assis sur un canapé faisant face à l'armoire à glace. Vous savez? cette grande armoire par laquelle l'appartement de M. André communiquait à celui de Fernande. Comme elle se levait pour prendre l'indicateur dans le tiroir d'un chiffonnier, un léger bruit, partant de l'intérieur de l'armoire, fit tressaillir la jeune femme. Ce ne fut qu'un éclair... une lueur. Lueur de soupçon, éclair de terreur. « *S'il* était là! » Allons donc! il lui avait écrit, la veille, de Beaune. — L'armature du meuble qui avait craqué.

— Voilà, mon ami, fit-elle en tendant le journal à Christian.

Mais lui, la contemplant avec ivresse:

— Ainsi, dit-il, tu m'aimes, ma Fernande!... et demain... demain tu seras à moi... tout à moi!...

Elle lui mit la main sur la bouche.

— Taisez-vous!...

— Pourquoi me tairais-je? y a-t-il donc un regret au fond de ton âme?

— Un regret... non... mais un remords!

— Un remords!

— Hélas!... Plus que jamais, maintenant, ne dois-je pas renoncer à mon fils!

— Fernande!...

— Et ma tante... ma bonne tante!... quel va être son chagrin en apprenant!...

— Madame Bernier peut-elle vous faire un crime d'avoir accepté d'un autre le bonheur que votre mari vous avait refusé?

— Vous raisonnez avec votre amour, Christian, mais ma tante...

— Raisonnera avec son affection, elle aussi, et vous pardonnera.

— Dieu vous entende, mon ami! mais...

— Mais nous ne nous occuperons de l'heure de notre départ que lorsque j'aurai séché cette larme qui mouille vos beaux yeux, ma Fernande.

— Christian!...

⁂

Leurs lèvres s'étaient unies. A l'instar des pièces féeries où tel mot, tel geste d'un acteur sont le signal d'une transformation, d'un changement à vue, leurs baisers, ce jour-là, avaient-ils le don de susciter des catastrophes? Un bruit subit, un bruit effroyable, sans nom; la glace de l'armoire, brisée intérieurement, d'un seul coup, et qui s'éparpillait en mille morceaux sur le tapis... Puis, se ruant hors du meuble, un homme aux traits décomposés par la fureur; un homme qui tenait d'une main un chenet — l'instrument à l'aide duquel il s'était ouvert un rapide passage — et de l'autre main, blessée par un éclat de glace, secouait le sang autour de lui... Voilà ce qu'avait produit, cette fois, un échange de baisers entre Christian et Fernande. Christian crut à un bandit qui s'était caché là-dedans pour assassiner Fernande, et il se précipita devant elle pour la protéger. Mais, à sa grande surprise, elle le repoussa. Plus au fait que lui du danger, elle tenait à l'envisager en face. Ce n'était pas l'instant de faiblir.

Cependant, brandissant toujours son chenet et sa

main ensanglantée, M. André hurlait en foudroyant du regard madame La Fougeraie.

— Ah! perfide, perfide, tu veux me quitter! ah! tu as un amant avec qui tu veux partir, misérable...

Cet homme n'était pas un voleur. Comme preuve, — à défaut des paroles significatives de cet homme, — Christian, revenu d'un premier mouvement de stupeur, pouvait voir, à présent, et voyait l'ouverture — masquée tout à l'heure par l'armoire — à travers laquelle on distinguait l'appartement contigu. Qu'était-ce donc que cet individu à qui Fernande avait ménagé ce singulier accès chez elle? cet individu qui lui reprochait de vouloir *le quitter! d'avoir un amant!* Son mari? oui! c'était son mari.— O candeur de l'amour! — « Fernande ne lui avait pas tout dit; elle n'avait pas osé tout lui dire. Tout en ne l'aimant plus, tout en l'ayant délaissée, trahie, son mari avait tenu à conserver sur elle un mystérieux contrôle. A cet effet, il avait loué, à ses côtés, cet appartement dans lequel il venait de temps à autre s'installer, et... »

Nous vous dispensons de la suite des divagations de Christian, tendant à se persuader lui-même de l'innocence de Fernande... et nous vous en dispensons d'autant plus volontiers, que le pauvre garçon n'eut pas le loisir de conserver longtemps ses illusions. Maîtresse d'elle-même, malgré tout, en maîtresse femme qu'elle était, nous avons dit que Fernande, assaillie par le taureau, avait résolu de le prendre par les cornes. Ce fut aussi ce qu'elle fit.

— Depuis quand, dit-elle d'un ton de souverain dédain, en marchant à M. André, sans plus se soucier de son chenet que de sa blessure saignante, depuis quand un homme bien né... quelques droits qu'elle lui ait accordés... s'introduit-il, par la violence, l'effraction chez une femme, pour l'injurier? M. André resta une seconde abasourdi. C'était lui qu'on accusait! Mais à moins qu'on ne l'ait abattu roide, le taureau se relève.

— Ah! c'est trop fort! s'écria le gros marchand. Comment! j'entendrai ma maîtresse dire à un rival : « Je t'aime! » et il ne me sera pas permis...

— *Ma maîtresse!* répéta mentalement Christian.

— Il ne vous sera pas permis de vous comporter comme un crocheteur, comme un goujat! Non! interrompit sèchement Fernande.

Second coup d'assommoir. Mais celui-ci eut un effet tout contraire du premier. Au lieu d'anéantir, il irrita.

— Ah! c'est ainsi, madame, reprit M. André en jetant au loin le chenet, comme s'il eût compris qu'il y avait autre chose que la menace physique pour triompher de l'audace de son adversaire, vous m'appelez crocheteur et goujat!... Et comment donc vous appellera-t-on, je vous prie, vous qui vivez de l'amour et de l'argent de ce goujat, de ce crocheteur! Faut-il que je vous le dise? Fernande devint livide. Elle se sentait vaincue.

Mais Christian, s'adressant à M. André :

— Monsieur, dit-il, j'admets que vous ayez à vous plaindre de madame... mais je n'admets pas que vous vous plaigniez en ma présence.

M. André partit d'un éclat de rire ironique.

— Bah! fit-il. Ah! *vous n'admettez pas!* Et pourquoi donc me gênerais-je pour dire, en votre présence, à madame, ce que je pense d'elle? Est-ce que vous vous êtes gêné, vous, pour venir roucouler à ses genoux, dans un logis... dont je paie le loyer... dont j'ai payé les meubles...

— Monsieur!...

— Quoi!... ça vous offusque d'apprendre ça!... Moi, ça m'amuse de vous l'apprendre... ça me soulage. Après ça, si vous n'êtes pas content, mon joli monsieur, vous savez, quoique ce ne soit pas mon état, je suis très-capable de vous régaler d'une leçon.

— Régalez-m'en donc — si vous pouvez — tout de suite, monsieur; mais, par respect pour vous-même, épargnez une femme...

— Qui allait me lâcher là comme un chien galeux, après avoir vécu à mes crocs pendant quatre ans! Ah! ah! je serais trop bête. Du tout! nous nous battrons, jeune homme... Oh! je ne demande pas mieux!... Ce n'était pas mon intention d'abord, parce qu'en résumé, dans tout cela, il n'y a pas de votre faute... On est jeune, pimpant, fringant... on rencontre une femme... qui vous plaît... on le lui dit; c'est tout simple. Mais vous faites le méchant... le matamore... le défenseur de la vertu... Ah! ah! la vertu!... C'est bon... demain, nous nous alignerons...

« Mais, en attendant demain, je vous le répète, je veux que vous sachiez ce que me doit cette femme, qui se préparait à se sauver avec vous. *Je le veux.* C'est ma vengeance. Chacun prend son plaisir où il le trouve! Le mien est d'humilier cette femme à vos yeux! Et croyez-moi, monsieur, ouvrez les oreilles de bonne grâce; sinon, j'en serais fâché sans doute après, mais le crocheteur, le goujat — comme m'appelle madame — pourrait bien s'oublier... en vous forçant à l'écouter. Un poing qui amène cinq cents, jeune homme, ce poing-là, pour votre gouverne. Je n'en suis pas plus fier habituellement... mais lorsqu'on me tarabuste trop cependant, tant pis, je cogne!

**

En prononçant ces mots, son poing *aux cinq cents* tendu, M. André s'était campé au milieu de la chambre, comme pour barrer le passage à Christian. Celui-ci haussa les épaules et fit deux pas vers la porte...

Mais, à son tour, se jetant au-devant de lui :

— Non! non! s'écria Fernande, restez! restez!...

Le visage du jeune homme eut une expression de suprême dégoût.

— Vous tenez donc bien à ce que j'apprenne à vous mépriser, madame? dit-il.

— A la bonne heure! Eh! eh!... ça commence! s'exclama en ricanant M. André.

Madame La Fougeraie se retourna comme une tigresse blessée.

— Qu'est-ce qui commence? s'écria-t-elle en regardant le gros homme en face. Vous vous imaginez, vraiment, qu'après vous avoir entendu, monsieur va me juger indigne de toute estime! Ah! ah!... mais ce que vous vous disposez à lui dire, je le lui eusse dit moi-même demain.

— Vous mentez !...

— Hein !

— Vous mentez ! Vous n'eussiez pas plus dit demain à monsieur, que vous ne le lui avez dit jusqu'ici, ce que je vais lui dire, moi... parce que monsieur m'a l'air d'un galant homme, et qu'instruit de ce que j'ai fait pour vous, il n'eût pas eu le courage de vous entraîner loin de moi.

— Et qu'avez-vous donc fait, après tout, qui me rive éternellement à une chaîne qui me pèse?

— Malheureuse !...

— Oh ! vous ne m'effrayez pas non plus, moi, avec vos cris et vos gestes de boucher ivre !...

La tête de Fernande touchait presque la poitrine frémissante de M. André. Elle l'excitait ainsi pour assumer sur elle toute sa rage. Une manœuvre désespérée. S'il la frappait, il ne parlerait pas... Mais il évita le piége. Écartant Fernande, sans rudesse, mais avec fermeté, et se rapprochant de Christian, demeuré immobile, prêt à voler, s'il était nécessaire, au secours de la jeune femme :

— Monsieur, dit M. André d'une voix subitement adoucie, vous aviez raison : par respect pour moi... et pour vous... je ne prolongerai pas plus longtemps cette scène. Vous êtes libre de vous retirer, monsieur. Ce que je ne vous dis pas maintenant, je vous le dirai dans une lettre que vous recevrez demain matin, avant l'heure de notre combat. Je tiens à ce que vous me connaissiez... avant de me tuer, peut-être.

« Au fait! vous demeurez, s'il vous plaît? »

— Dans cette rue, au n° 36.

— Ah ! en face ! C'était commode !... Et... votre nom?

— Voici ma carte.

— Merci. Voici la mienne. — Pardon, je vais vous éclairer.

M. André avait pris la lampe. Libre de s'éloigner, à présent, Christian hésita. Laisser cette femme seule, exposée aux violences de cet homme !... La pitié, non l'amour, qui retenait Christian. Mais, d'un signe imperceptible, Fernande l'invitait à obéir...

— Oh ! pensa-t-il, elle est bien certaine, sans doute, de n'avoir rién à craindre !

Il passa devant M. André qui, à son tour, quelques pas plus loin, le précéda pour lui ouvrir la porte du palier. Là :

— A demain donc, monsieur, conclut M. André en saluant son rival. A sept heures, ma lettre chez vous. A midi, s'il vous convient, chez moi, vos témoins.

X

LES CONFIDENCES D'UN QUINQUAGÉNAIRE.

L'ange était un démon ! La femme *innocente, malheureuse et persécutée*, était une aventurière ! Le marbre de Paros était une vulgaire argile ! Quelle chute pour notre héros ; du ciel bleu en pleine mare, sale, boueuse, ignoble ! Le cœur lui manquait en traversant l'espace qui séparait sa maison de celle de Fernande.

— J'étais dupe ! murmurait-il, dupe !

Une douleur qu'apprécieront les natures délicates. Volé d'argent, par un fripon, on rit ; volé d'amour, par une femme, on pleure. Mais il ne s'agissait pas de faire du sentiment. Christian se battait le lendemain. — Un duel stupide, car il n'avait aucun sujet de haine contre monsieur... monsieur...—A la clarté du gaz, au milieu d'un étage, il regarda la carte du gros homme :

M. ANDRÉ DESPAGNET

NÉGOCIANT EN VINS

7, RUE DE PARIS, 7,

A

FONTAINEBLEAU (SEINE-ET-MARNE)

A Fontainebleau... Ah ! M. André Despagnet avait son domicile politique et commercial à Fontainebleau, et son domicile amoureux à Paris, rue Saint-Georges, près de... — Enfin, ce n'était pas une raison, cela, pour le pourfendre, voire pour l'égratigner !... Mais *l'honneur l'exigeait !* Christian avait été provoqué. Et, pour sa part, peut-être M. André Despagnet tenait-il à essayer, au moins, de punir un braconnier par lui saisi en flagrant délit sur ses terres. Hum ! il n'avait pas la mine bien féroce, pourtant, ce négociant en vins. Sauf l'épisode de l'exhibition du poing *aux cinq cents !...* encore s'était-il bien vite excusé de ce petit accès de forfanterie herculéenne.

Mais... mais il fallait se battre, et Christian se battrait, ceci ne faisait pas ombre de doute dans son esprit. Et c'est pourquoi, en rentrant, informé que Pascal était dans sa chambre, Christian se rendit presque aussitôt près de son ami.

— Tiens ! tiens ! tiens ! s'écria ce dernier, le beau ténébreux !... Votre maîtresse vous a donc trahi, mon cher, que vous daignez me consacrer une minute?

Christian sourit tristement.

— Vous êtes devin, mon bon Pascal, dit-il.

— Bah !... vrai !... une rupture? Et vous accourez épancher vos chagrins dans mon sein ? Épanchez. Si c'est original, justement je suis à court de copie pour ma chronique...

— Vous mettrez cela dans votre chronique après-demain... demain, s'il vous est possible de me servir de témoin... et de m'en procurer un second.

Pascal sauta sur sa chaise.

— Hein ! vous vous battez?

— Je me bats.

— Avec qui ?

— Avec ce monsieur.

Christian lui présentait l'adresse de M. André Despagnet.

— Et qu'avez-vous à voir avec ce négociant en vins à Fontainebleau ? reprit Pascal.

— M. Despagnet est l'amant de madame La Fougeraie...

— Madame La Fougeraie?

— La jolie blonde, en face.

— Ah !...

Pascal devint grave.

— Et ce monsieur vous a surpris chez cette dame?

— Oui.

— Et il s'en est suivi?...

— Il s'en est suivi d'abord pour moi cet avantage, en découvrant que madame La Fougeraie ne valait pas mieux qu'une autre...—qui ne vaut rien...—de me tirer sain et sauf de ses griffes roses.

— Ah! ah!... Vrai, vous ne l'aimez plus?

— Je l'aimais trop pour l'aimer encore après ce qui m'a été révélé.

— Allons, c'est toujours ça de gagné. Et puis?...

— Le reste s'explique de soi. M. André Despagnet m'a menacé d'une leçon...

— C'est juste! vous lui avez pris sa maîtresse, il veut vous égorger un tantinet. Eh! eh!... jusqu'aux marchands qui se mêlent de se battre, à présent!... Le niais!... comme s'ils y étaient obligés... comme les journalistes... pour récréer la galerie!... Et nous encore, quand nous nous battons, nous y mettons des formes. Une écorchure au poignet... deux balles qui se logent dans les arbres, et l'on s'embrasse! Mais un marchand exaspéré!... allez donc lui dire: « En serez-vous plus avancé quand vous aurez tué ou estropié votre prochain?» Ah! sapristi! sapristi! sapristi!... Pascal arpentait à grands pas sa chambre en débitant avec volubilité ce monologue. Soudain, revenant à Christian qui roulait une cigarette :

— Eh! que vous avais-je dit, de vous défier de cette femme rousse? Avais-je tort?

— Vous êtes devin, je le répète, mon cher. Mais ce n'est pas le devin qu'il me faut, en ce moment, c'est l'ami.

— Et l'ami est tout à vos ordres, parbleu! cela va sans dire. Et que le devin aille se faire lan laire!... Ah! que voulez-vous! ça tient au métier!... Fût-ce avec son propre fils, jamais un critique ne résistera au plaisir de jouer un peu au maître d'école!...

« Voyons... vous vous battez demain... à quelle heure?...»

— M. Despagnet attend mes témoins à midi.

— Vos témoins; vous en avez un, jusqu'à présent: moi. Où est le second?

— C'est ce que je suis venu vous demander.

— Vous ne voyez pas, quelque part, quelqu'un qui?...

— Personne. Depuis quatre ans que j'ai quitté Paris...

— Sans doute, sans doute!... Moi, j'ai bien dans ma manche deux ou trois messieurs très-ferrés sur ces sortes d'exercices... et qui les recherchent par goût, même. Il y en a un, surtout, qui ne reste pas quinze jours sans assister à un duel. Un friand de la lame... des autres. Un amateur de spectacle... sans bourse délier.

— Eh bien?

— Eh bien! c'est que, voilà le *hic*: vous n'êtes pas de la boutique, vous... et Breteuil — Breteuil le belliqueux — ne sert de témoin qu'aux journalistes. Il a soif de publicité, ce petit; vous concevez? il fait des opérettes; on le paie de ses pas et démarches en réclames. Partant, quittes!

« Diable! à qui donc nous adresser? Nous n'avons pas trop de temps à nous d'ici à midi, demain... ou aujourd'hui plutôt... il est une heure du matin. Ah!... oui... je parie qu'il ne nous refuse pas, celui-là.»

— Qui donc?

— Robert Mesnard.

— Robert Mesnard! Et qui vous porte à espérer qu'un homme qui me connaît à peine... — et qui, d'ailleurs, professe l'indifférence la plus absolue pour tout ce qui ne touche point son intérieur, sa famille — consente à se déranger, et peut-être à se compromettre pour moi?

— Une idée! un pressentiment encore! Ah! vous avez beau secouer la tête, le succès m'illumine! Je ne suis plus Pascal Mignot le chroniqueur, je suis Calchas l'augure. Je le répète : je gage que Robert Mesnard accepte d'être votre témoin.

« Il vous est très-sympathique, n'est-ce pas, lui? Il ne vous déplaît pas de frapper à sa complaisance? »

— Non, mais...

— Mais... c'est convenu. Demain matin, nous nous rendons ensemble chez Robert Mesnard. — Je vous expliquerai plus tard sur quoi je me fonde, personnellement, pour supposer que notre peintre est homme à rendre volontiers à autrui un service de ce genre. Maintenant, à moins que vous ne teniez absolument à causer toute la nuit...

— Moi? du tout! je vais dormir.

— C'est cela, dormez; le repos est toujours utile à la veille de... Non que j'appréhende rien de fâcheux. Oh! il ne sera pas bien terrible, votre duel, je le prédis encore. L'esprit de prophétie qui continue de m'animer — Calchas! Calchas! — Quand une nuit aura passé sur le courroux de votre négociant en vins... Peuh! il est capable de vous apporter des échantillons de bordeaux sur le terrain.

— Fou!... A demain.

— Bonsoir. J'achève ma chronique, j'ai mon sujet maintenant : les pressentiments.

Et Christian dormit-il? Parfaitement. Un cœur ferme, une conscience dégagée du poids d'une folie — d'une faute — avec cela on s'en remet à Dieu du soin de vous sauvegarder, et l'on brave l'insomnie. Près de se coucher, pourtant, l'ex-amoureux de Fernande eut une pensée... ah! une pensée en pénitence de laquelle il eût mérité une ou deux heures de cauchemar.

Il regardait, à travers ses rideaux, les fenêtres de sa voisine, et, soupirant :

— C'est égal, murmura-t-il, c'est dommage!...

Qu'est-ce qui était dommage, monsieur? De n'avoir fait que becqueter le fruit au lieu d'y avoir mordu? Fi! regrette-t-on un fruit véreux? Mais la chair est faible, si l'âme est vaillante. Avouez-le, jeune homme qui nous lisez, à la place de Christian, au lieu d'un soupir, peut-être en eussiez-vous poussé deux?

Il s'éveillait à sept heures, quand on heurta à sa porte.

— Qu'est-ce?

— Une lettre pour monsieur.

— Une lettre?... Ah! oui... donnez.

L'oubli vient en dormant. Christian ne se souvenait plus de l'engagement pris par M. Despagnet de lui dire,

NI FILLE, NI FEMME, NI VEUVE

PAR HENRY DE KOCK.

Il l'aime encore cette femme, le malheureux!... (Page 45).

par écrit, ce qu'il ne lui avait pas dit de vive voix. Un engagement singulier! M. Despagnet ne lui devait certes pas de confidences. Mais s'il lui était agréable d'exhiber ses blessures, à ce blessé!

Pascal entra comme Christian décachetait le pli.

— Déjà levé, mon ami! fit Christian.

— Oui; c'est-à-dire, je sommeillais encore lorsque j'ai entendu sonner... puis Catherine chuchoter avec je ne sais qui...

« Un domestique de M. Despagnet, sans doute, qui m'apportait cette lettre de son maître. »

— Ah! bah! M. Despagnet... alors c'est qu'il n'a plus envie de se battre.

— Je ne présume pas que ce soit cela qu'il m'écrive; j'étais averti de cet envoi, du reste.

— Averti?

— Oui; tenez, tandis que je m'habillerai, lisez-nous son épître.

Pascal lut, haut, ce qui suit:

« Monsieur,

« Dieu m'est témoin que, pour peu que madame La Fougeraie l'eût voulu, non-seulement je n'eusse pas donné suite à mon dessein de vous initier à certains secrets, mais encore je ne me fusse pas cru déshonoré parce que je serais allé vous dire, ce matin: « J'ai mal agi envers « vous hier, monsieur, excusez-moi et restons-en là. »

« Mais non! en vain je l'ai suppliée, cette nuit; en vain j'ai pleuré — oui, j'ai pleuré!... — à ses genoux!... Pas un mot de repentir! pas un geste!... pas un signe!...

« Ah! c'est horrible à penser, mais peut-être y a-t-il une espérance pour elle dans notre combat, et c'est à cause de cela qu'elle se garde de rien faire pour l'empêcher. Vous êtes jeune et expert, peut-être, dans le maniement des armes, monsieur; moi j'approche de la maturité de l'âge et, de ma vie, je n'ai touché ni une épée, ni un pistolet. « Le *nouveau* tuera l'*ancien*, se dit-elle, et « j'appartiendrai au *nouveau*. »

« Eh bien, puisqu'elle y tient, nous nous battrons donc, monsieur, et vous me tuerez... si vous pouvez... car je me défendrai, je vous le jure, de toutes les puissances de mon être! Mais, quoi qu'il advienne, après la lecture de cette lettre, j'ai l'intime persuasion que vous ne réaliserez pas l'espoir de cette femme; votre conscience d'honnête homme vous le défendra.

« Cette femme était pauvre, abandonnée par son mari — un artiste, m'a-t-elle dit, un peintre qui l'avait ruinée, puis jetée sur le pavé, pour vivre avec une maîtresse; — elle était venue de Lyon à Paris où elle subsistait des maigres générosités de sa tante — une vieille femme avare, et sans fortune d'ailleurs. — J'ai commencé par retirer madame La Fougeraie de sa mansarde, puis, non content de la combler de toutes les joies du luxe, comme elle affectait une frayeur extrême de son mari, indépendamment d'un grand respect des convenances, d'un soin minutieux de sa réputation, pour lui plaire je me suis astreint, sans hésiter, à toutes ses exigences. C'est ainsi que depuis trois ans qu'elle habite dans cette rue, je ne me suis jamais présenté ostensiblement chez elle. Locataire, dans une maison voisine, d'un appartement contigu au sien, c'était par une issue secrètement pratiquée et correspondant à sa chambre à coucher, qu'il m'était permis de me réunir à ma maîtresse... jamais autrement! De même, dans nos rares excursions au dehors, il me fallait me soumettre à mille précautions plus gênantes les unes que les autres. Car, moi, je suis libre, entièrement libre, monsieur. Veuf, depuis dix années, je n'ai à rendre compte de mes actions à personne. Et, à mon âge, d'ordinaire, quand il ne vous est pas commandé par le devoir, ce n'est guère le mystère qu'on recherche dans l'amour.

« Mais, encore une fois, Fernande commandait, et je lui obéissais sans conteste, heureux, par mon abnégation de toute vanité, de mériter son affection, sa reconnaissance.

« Et voilà ce que j'ai gagné à me courber, pendant quatre ans, comme un esclave, devant cette femme! Un jour elle a rencontré un homme qui lui a plu, et, sans souci dès lors de sa *réputation*, des *convenances*, elle a aussitôt reçu cet homme chez elle, elle lui a dit : « Je t'aime! » Elle s'est donnée à lui, chez elle, sans doute!... Quelques jours encore et elle s'enfuyait avec lui. Pauvre sot, j'ai adoré cette femme dans l'ombre et le silence, et, en plein jour, au grand soleil, elle s'en allait courir le monde avec son nouvel amant!...

« Oh! c'est que celui-là est jeune et beau, et que moi...! Oui, oui, je comprends, maintenant, pourquoi madame La Fougeraie tenait tant à dissimuler nos relations. Elle ne rougissait pas des bienfaits... elle rougissait du bienfaiteur. Une nuit, une ou deux nuits par semaine, c'était assez, c'était trop pour ce quinquagénaire sans tournure, sans élégance, sans esprit... Mais avec ce cavalier charmant, aimable, oh! on jettera son bonnet par-dessus les moulins... et si, par aventure, on se heurte contre son mari, du côté de ces moulins... qu'importe!... on en sera quitte pour détourner la tête!... On n'a plus peur à présent qu'on aime!...

« Elle est là, derrière moi, droite, froide, impassible comme une statue, tandis que j'écris. Oh! elle ne doute pas que ces lignes ne soient pour vous, pourtant!... Mais, au fait, à présent que je vous ai tout conté, monsieur, que vous ai-je donc appris qui puisse vous contraindre à repousser Fernande demain... ce soir... si elle va se précipiter plus tendre et plus amoureuse qu'hier dans vos bras? Le désir de me venger m'aveuglait! Je parlais de mépris! mais elle n'a fait que ce que cent autres ont fait ou feront. A quel propos osé-je me plaindre? j'en ai eu pour mon argent... on ne veut plus de mon argent... on me quitte!

« Eh bien, soit! Ridicule jusqu'au bout, après lui avoir donné mon argent, je donnerai mon sang à cette femme. C'est peut-être là même le seul moyen de la punir, car je vous défie, si vous me tuez, de serrer dans vos mains rouges ses mains blanches! A tantôt donc, monsieur, avec vos témoins.

« Je vous salue.

« André Despagnet. »

Pascal avait achevé sa lecture. Secouant la tête d'un air mi-sérieux, mi-comique :

— Et c'est à de telles extrémités qu'une femme rousse a réduit un honnête et paisible marchand! s'écria-t-il. Il parle de verser son sang comme il parlerait de vider une bonne vieille bouteille!... Il est fou, complétement fou, le pauvre homme!

— En tout cas, sa folie n'est pas douce, répliqua Christian en riant; vous qui me souteniez, hier, que la nuit le ramènerait à des sentiments pacifiques!...

— La faute de votre Fernande. Ah! elle est gentille, cette dame! Elle préfère que deux hommes essaient de se couper par morceaux plutôt que de dire à l'un : « J'ai été une drôlesse, pardonnez-moi!... » Et pas si bête, le Despagnet! Il a mis le doigt dessus; madame La Fougeraie *espère* que vous la débarrasserez de lui.

— Enfin, à cette heure que vous êtes bien persuadé qu'il y aura combat...

— Oh! persuadé!... Il passera des ablettes sous le pont d'ici midi. Enfin, à cette heure, nous allons nous rendre chez Robert Mesnard... pour le prier de vous servir de témoin.

— Votre opinion est toujours que Robert Mesnard?...

— Ne nous refusera pas cette marque d'obligeance. Toujours!... Oh! mes pressentiments tiennent si mes convictions vacillent! En route!

XI

FERNANDE TRICOT.

Robert Mesnard était déjà dans son cabinet de travail quand Christian et Pascal se présentèrent. Introduits immédiatement, les deux amis furent salués de cette question, formulée, d'ailleurs, du ton le plus affable :

— A quoi dois-je l'avantage d'une si matinale visite, messieurs?

— Un service à vous demander, mon cher Robert, répliqua, sans tergiverser, Pascal.

— Un service? répéta le peintre. Lequel?

— Je me bats aujourd'hui, monsieur, dit Christian, et mon ami Pascal a pensé que vous voudriez bien me faire l'honneur de m'assister, avec lui, dans ce combat.

La physionomie de Robert s'était rembrunie d'une façon évidente dès les premiers mots de Christian... Et quand le jeune homme se tut :— J'en suis désolé, messieurs, repartit l'artiste d'une voix grave, mais je me suis imposé la loi de ne jamais participer à ces sortes d'affaires.

C'était formel. Christian s'inclina, en jetant, en dessous, à Pascal, un regard qui signifiait : « Que vous avais-je dit? » Mais Pascal ne se tenait pas si vite pour battu.

— En vérité, mon cher Robert, s'écria-t-il, vous avez une telle aversion d'une... promenade qui, neuf fois sur dix, n'a pas les moindres conséquences fâcheuses?...

Robert allait répliquer; Christian ne lui en laissa pas le temps.

— L'amitié que me porte Pascal le rend indiscret, monsieur, reprit-il vivement; vous n'avez pas à nous donner les motifs de votre décision, il doit nous suffire qu'elle existe.

Parlant ainsi, Christian se levait.

— Pardon, monsieur, dit Robert, il est vrai, rien ne m'oblige à expliquer, à qui que ce soit, en pareille circonstance, les motifs d'une résolution prise. Cependant, quand il s'adresse à des hommes que j'estime, il est de mon devoir d'atténuer le désagréable effet de mon refus. Je vous prie de le croire, monsieur Le Guern... je regrette... et je regrette... sincèrement, profondément, de ne pouvoir vous rendre le service que vous attendiez de moi.

La main de Christian serra la main du peintre.

— Merci, monsieur, dit-il.

— Merci! merci! grommela Pascal; en attendant, le diable me patafiole si je sais où dénicher un second témoin, moi!...

— Bah! dit Christian, nous trouverons notre affaire dans la première caserne venue.

— Un soldat? Ça se dit dans les romans, ces bêtises-là! Mais un soldat n'accompagne pas comme cela tout de suite un bourgeois sur le terrain. Il lui faut la permission de ses chefs, d'abord. Et puis, la jolie mine que je ferais, flanqué d'un pioupiou, en face des amis de M. Despagnet!...

— M. Despagnet?... L'adversaire de M. Le Guern se nomme Despagnet?

C'était Robert qui avait prononcé ces mots, comme Pascal se levait à son tour pour suivre Christian. Les deux amis se retournèrent, étonnés.

— Oui, dit Pascal, l'adversaire de M. Le Guern se nomme Despagnet... André Despagnet... un négociant en vins... — Vous le connaissez, Robert?

— Et la cause de votre duel avec ce monsieur, puis-je la connaître? reprit le peintre, interpellant Christian, au lieu de répondre à Pascal.

— Mon Dieu, monsieur, je n'y vois aucun inconvénient, repartit Christian.

— D'autant mieux, ajouta Pascal, que, cette cause, il était tout simple qu'on vous en fît part, mon cher Robert, dans le cas où il vous eût été possible de...

— Parlez, parlez, donc! interrompit l'artiste, les yeux dans les yeux de Christian; vous vous battez avec M. Despagnet... parce que?...

— Parce que M. André Despagnet m'a rencontré chez sa maîtresse.

— Le nom de cette maîtresse?

— Fernande La Fougeraie.

— Ah!... Et vous étiez... aussi... l'amant de Fernande La Fougeraie... vous?

— C'est-à-dire que je l'eusse été, probablement, sans l'aventure d'hier.

— Quelle aventure?... Oh! contez-moi tout... contez-moi tout, monsieur Le Guern, si rien ne s'y oppose. « J'ai réfléchi. J'accepte d'être votre témoin dans ce duel. »

De plus en plus étonnés, et par le revirement subit de leur hôte, et par sa parole brève, saccadée, impérative, et par la pâleur mate qui, tout d'un coup, avait envahi son visage, Christian et Pascal étaient rentrés dans le cabinet.

— Je vous écoute, monsieur, dit Robert, continuant de s'adresser à Christian.

Et, loin de se révolter contre l'étrange autorité qui éclatait dans l'accent, dans la contenance de l'artiste... au contraire, comme s'il eût été pénétré, d'instinct, qu'à cette autorité, légitime, son devoir, à lui, était de se soumettre, Christian raconta depuis A jusqu'à Z l'histoire de ses amours avec Fernande. A, leur première rencontre, née du hasard, sous les arcades de la gare Saint-Lazare; Z, la scène semi-comique, semi-dramatique, de l'irruption, par l'armoire à glace, de M. André Despagnet dans la chambre à coucher de madame La Fougeraie, au moment où lui, Christian, et la jeune femme s'entretenaient de leur prochain départ pour l'Italie... Ce récit dura de quinze à vingt minutes; et pendant ces quinze à vingt minutes, Robert Mesnard ne bougea point, ne broncha point. Sauf quelques contractions nerveuses qui, de temps à autre, agitaient ses traits, indices fugitifs d'une souffrance intérieure, on eût dit un juge assistant à l'exposé d'une affaire dont l'intérêt de la loi, seul, lui enjoint de ne pas négliger un détail. Et tandis que Christian parlait, Pascal, qui s'était placé à dessein un peu de côté dans l'ombre, observait attentivement Robert. Une piste que suivait notre journaliste avec toute l'ardeur d'un veneur qui, ayant perdu un moment ses brisées, les retrouve.

Christian avait achevé son récit. Pascal le compléta.

— Avez-vous sur vous la lettre que vous a écrite ce matin M. Despagnet, mon ami? dit-il. Montrez-la donc à Robert, pour l'édifier absolument sur le caractère de ce monsieur et sur celui de sa maîtresse.

Christian tira la lettre de sa poche et la remit à Robert, qui la lut tout entière sans proférer un mot, comme il avait écouté tout entière, sans l'interrompre, la narration de Christian. Après cette lecture, seulement, l'artiste sembla plus pâle encore. En revanche, ce fut d'une voix presque calme qu'il dit à Christian :

— Je vous sais gré de votre confiance, monsieur. Maintenant... — quelle heure est-il? Neuf heures. Nous trouverons M. Despagnet chez lui... et s'il n'y est point, *il s'arrangera en sorte d'y rentrer...* — Maintenant, je vous prierai de m'accompagner, avec M. Mignot, chez M. Despagnet. Je sais que ce n'est pas l'usage, en pareil cas, que l'adversaire accompagne ses témoins... mais comme cette affaire n'aura pas le résultat que vous pouviez prévoir... j'entends qu'il n'y aura pas combat... il n'est pas nécessaire de se préoccuper de l'usage.

Christian resta quelque peu interdit. *Il n'y aurait pas combat!...* Qu'en savait-on?

— Mais... dit-il.

— Mais, interrompit Pascal, mon avis, mon cher Christian, est que nous fassions tout ce que Robert nous conseillera de faire... parce que Robert ne peut rien nous conseiller que de convenable et de sage.

— Soit! dit Christian.

En résumé, que risquait-il? N'importe où et comment on le guidât, n'était-il pas toujours maître de changer de route s'il se jugeait égaré?

— Venez donc, messieurs! dit Robert.

Une voiture attendait Christian et Pascal. Robert y prit place avec eux. Du quai Jemmapes à la rue Saint-Georges, les trois hommes n'échangèrent pas un mot. Le cocher avait ses instructions. Comme il s'arrêtait devant la maison portant le numéro 41 :

— C'est là que demeure M. Despagnet? demanda Robert.

— Oui, répliqua Christian.

— A quel étage?

— Mais... au troisième, je suppose... puisque madame La Fougeraie...

Robert n'écoutait plus; il gravissait l'escalier.

— Qu'est-ce que tout cela signifie? dit tout bas Christian à Pascal, en montant derrière le peintre.

Pascal se pencha à l'oreille de son ami :

— Ou je me trompe fort, murmura-t-il, ou cela signifie que nous allons assister à quelque curieux développement d'un drame de la vie réelle.

— Mais encore?... A votre sens, Robert aurait donc été, lui aussi, l'amant de madame La Fougeraie; et...

— Et je ne sais rien... je ne devine rien; mais ce dont je jurerais, c'est que j'ai été crânement bien inspiré en vous menant ce matin chez Robert Mesnard!

— Cependant...

— Chut!...

Au moment où Christian et Pascal le rejoignaient à la porte de M. Despagnet, Robert Mesnard tirait la sonnette de cette porte. Si vigoureux qu'eût été l'appel, il s'écoula près d'une minute avant qu'on pût présumer qu'il avait été entendu. Une minute, c'est long quelquefois. Robert Mesnard, néanmoins, ne manifesta pas la moindre impatience. Enfin, un bruit de pas retentit à l'intérieur; des pas d'homme. La porte s'ouvrit. C'était M. Despagnet en personne qui l'avait ouverte.

— Ah! s'exclama-t-il. — Et cela seulement lorsque ses yeux se furent portés sur Christian. Quant à Robert, il ne paraissait pas plus le connaître que Pascal. Et, s'effaçant : — Entrez, messieurs, reprit-il, entrez. Mes témoins ne sont pas encore arrivés... mais ils ne tarderont pas.

On était dans un petit salon; M. Despagnet avançait des chaises...

— Monsieur, dit Robert, nous n'avons que faire de vos témoins, que j'eusse priés, au contraire, de se retirer, si je les eusse trouvés ici. C'est entre nous... et rien qu'entre nous quatre... que doit avoir lieu cet entretien.

— Se retirer... mes témoins! Et pourquoi mes témoins se seraient-ils retirés? répliqua, le sourcil froncé, M. Despagnet. Est-ce donc des excuses que M. Christian Le Guern m'apporte! Au fait, sa présence insolite, avec vous, messieurs!... Eh bien, je commence par déclarer...

— Vous commencerez, s'il vous plaît, par vous taire, monsieur! interrompit Robert Mesnard d'une voix stridente.

M. Despagnet recula de trois pas, comme pour se ménager plus d'espace pour s'élancer sur cet insolent qui lui imposait silence dans son propre logis.

— Me taire! s'écria-t-il. Et de quel droit me commandez-vous de me taire... chez moi... monsieur?

Un sourire amer plissa les lèvres de Robert.

— Oh! mon droit est sacré, monsieur, repartit-il. Si sacré, qu'à l'exemple de MM. Le Guern et Mignot, qui ignorent encore à quel titre je suis ici, je ne mets pas en doute, lorsque je vous aurai dit qui je suis, que vous ne reconnaissiez aussitôt mon autorité. Je me nomme Robert Mesnard, monsieur, et je suis le mari de madame La Fougeraie.

La foudre, tombant sur M. Despagnet, n'eût pas produit sur lui un effet plus terrible. Il recula encore, mais, cette fois, pour aller s'appuyer, l'œil hagard, la bouche béante, contre une muraille. Christian et Pascal, eux-mêmes, frappés au-delà de toute expression par cette révélation étrange, demeuraient immobiles.

— Oui, messieurs, poursuivit Robert Mesnard, je suis ce mari infâme, ce joueur, ce débauché, ce bandit qui a abandonné sa femme après l'avoir trahie, volée, ruinée... Ceci, selon la version de madame Mesnard... dite La Fougeraie. Ma version, à moi, — et c'est la vraie... — la voici : J'ai épousé Fernande... Tricot, — car elle ne s'appelle nullement La Fougeraie... un nom de pure invention, ce La Fougeraie; très-distingué, j'en conviens, mais qui n'a jamais appartenu à aucun membre de sa famille; — j'ai épousé Fernande Tricot, fille de Mathieu Tricot, petit marchand de bonneterie à Lyon, sans dot... sans un sou de dot... ce qui a été un obstacle tout naturel à ce que je consommasse sa ruine... mais ce qui ne m'a pas empêché de l'adorer... De l'adorer à ce point, qu'alors même qu'elle me trompait lâchement, j'étais assez fou encore pour croire en son amour. Force me fut pourtant un jour d'y voir clair. Le lendemain de ce jour-là, j'avais tué l'amant de ma femme, en Suisse, où j'étais allé l'attendre. Le surlendemain, je me séparais d'une misérable qui, en échange de mon affection, ne s'était pas contentée de me déshonorer aux yeux de tous, mais qui avait cherché encore à m'avilir dans le cœur de mon meilleur ami... un brave cœur, qui, près de cesser de battre, trouvait de suprêmes élans pour essayer de me consoler. Mon ami se nommait Edouard Lefebvre, un peintre décorateur, comme moi. Il avait pour maîtresse, depuis quinze ans, une chaste et vertueuse femme : Marthe Rosier. C'était cette femme, dont elle n'était pas digne de baiser les pieds, que Fernande calomniait honteusement en répandant partout le bruit que je l'avais séduite. Fernande chassée de ma maison, j'allai trouver Marthe qui pleurait, seule et pauvre, et je lui dis : « Voulez-vous être la mère de mon fils, je serai le père de votre fille? » Et Marthe accepta; et je l'emmenai à Paris, avec sa fille et mon fils; — mon fils que sa mère n'avait pas même demandé à embrasser en le quittant! Et pour qu'on les respectât toutes deux sous mon toit, je leur fis porter mon nom. Est-il plus criminel, dites-moi, messieurs, d'abriter de son nom la femme qu'on considère comme la veuve d'un ami, et son enfant, que de le renier, ce nom — taché qu'on l'a fait — pour en porter un d'emprunt destiné à cacher ses turpitudes? J'ai dit. Maintenant, monsieur Despagnet, avez-vous toujours envie de vous battre avec M. Christian Le Guern, parce qu'il a failli vous enlever votre maîtresse? Je suis prêt à servir de témoin à ce combat.

M. Despagnet marcha à Christian :

— Monsieur, balbutia-t-il, je vous prie d'agréer mes excuses.

Christian s'inclina.

— Il suffit, répliqua le peintre; partons, messieurs.

Ils étaient dans la rue.

— Monsieur, dit Robert Mesnard à Christian, je n'ai pas voulu qu'un honnête homme risquât sa vie pour une femme telle que celle que je viens de vous faire connaître; vous ne me devez donc pas de remerciements; mais si, comme je le crois, vous avez quelque estime... pour ma personne, vous me devez, vous et M. Pascal Mignot, le silence sur cette aventure. Puis-je compter sur ce silence, messieurs?

D'un même mouvement, Christian et Pascal tendirent la main à Robert. C'était répondre.

— Merci, fit-il, et adieu.

Et il s'en fut à grands pas.

— Pauvre Robert! disait Pascal en regagnant, au bras de son ami, leur logis. Ah! je pensais bien que sa misanthropie avait quelque triste source, mais j'étais loin de supposer cette source aussi empoisonnée! Et c'est qu'il l'aime, j'en suis sûr, il l'aime encore, cette femme, le malheureux!...

— Oh!...

— Vous en doutez? S'il ne l'aimait plus, comment, du fond de l'isolement auquel il s'est condamné, suivrait-il les faits et gestes de madame La Fougeraie? Comment saurait-il que M. Despagnet est son amant?

— Le hasard.

— Il n'y a point de hasard, mon cher; il y a la faiblesse de l'âme qui nous rive à une douleur éternelle. Robert aime toujours Fernande. Ah! je regrette que la discrétion me cloue la plume aux doigts. Quel sujet de chronique que cette histoire!

— Oh!

— Soyez tranquille!... Ma gastralgie m'entraînerait, que ma conscience me retiendrait! Je ne dirai, je n'écrirai rien. Et vous... vous allez chercher au plus vite un autre amour... de genre plus anodin... pour vous remettre de celui-ci, hein?

— Moi... demain matin je serai en route pour Château-Giron.

— Allons donc! vous avez peur que la belle blonde...

— Pour monsieur Christian Le Guern.

C'était Catherine qui entrait, une lettre à la main, dans la pièce où causaient les deux amis. Et Christian tressaillit en jetant les yeux sur la suscription de cette lettre.

— Qui vous a remis cela, Catherine? fit-il.

— Une bonne; celle, je crois, de la petite dame qui demeure en face, monsieur.

— C'est bien.

La domestique n'était plus là.

— *Elle!... elle* qui vous a écrit! s'écria Pascal.

— Tandis que son mari se trouvait avec nous chez M. Despagnet, oui.

— Au fait... de son appartement, elle a pu tout entendre! Robert parlait assez haut!... Et que peut-elle vous dire? voyons.

Christian lut. Oh! c'était bref, mais cela valait son pesant... de fange :

« *On t'a menti. Je suis digne de toi et je te le prouverai, car je t'aime. Veux-tu toujours de moi? Oui? un mouchoir attaché à ton balcon. J'attends.*

« FERNANDE. »

— Oh! ce n'est pas demain matin, c'est ce soir que je pars! s'écria Christian.

— Eh! eh!... dit Pascal, vous avez peut-être raison, mon cher, c'est plus prudent! La gaillarde serait capable de vous enlever!...

XII

RETRAITE.

Christian ne s'était pas trompé; Fernande avait entendu tout ce qui s'était dit chez M. Despagnet, et il lui avait été d'autant plus facile de tout entendre, que M. Despagnet avait, à dessein, laissé ouverte l'issue secrète par laquelle son appartement communiquait avec celui de sa maîtresse. Une idée d'amant outragé; il voulait que Fernande pût se convaincre, *de auditu*, que la rencontre projetée entre lui et Christian Le Guern n'était pas, ne devait pas être une plaisanterie.

Cependant, on l'a vu, M. Despagnet avait compté sans la péripétie qui réduisit à néant ses projets belliqueux. Et si sa surprise fut grande en apprenant, tout d'un coup, le nom d'un de ceux que Christian avait choisis pour ses témoins, de son côté, dès que son oreille eut perçu les sons d'une voix bien connue, Fernande ne ressentit pas une impression moins violente. Ce fut plus que de l'étonnement, chez elle, ce fut de la terreur... de la rage. Son mari était là! son mari! Christian connaissait son mari! Son mari allait dire, s'il ne l'avait déjà fait, à Christian, qui elle était... ou, plutôt, *ce qu'elle était!* Tout était donc perdu. L'homme qu'elle aimait, le seul qu'elle eût aimé dans sa vie, allait lui échapper, lui échapper sans retour. Sa liaison avec Despagnet, elle eût réussi peut-être à s'en expliquer, à s'en excuser, — déjà même elle avait préparé son petit roman à cet effet; — mais, dévoilée par son mari, par son mari convaincue d'infamie dans le passé, de mensonge dans le présent, comment se disculper aux yeux de Christian? Impossible! Impossible, allons donc! Est-ce qu'il y a quelque chose d'impossible pour une femme *qui veut?*

Robert Mesnard avait parlé; c'était l'instant où M. Despagnet, s'inclinant devant Christian, lui disait : « Monsieur, je vous prie d'agréer mes excuses. » Fernande vola vers son bureau, traça en une seconde le billet que vous savez, puis, ayant sonné Thérèse :

— Vingt louis pour toi, lui dit-elle, si tu as remis, avant une demi-heure, ceci à son adresse.

— Il suffit, madame, repartit la femme de chambre, qui s'enfuit emportant le papier.

— A nous deux, maintenant, monsieur André Despagnet! murmura Fernande.

Tout ému, tout bouleversé encore par suite de la scène que nous avons racontée dans le précédent chapitre, M. Despagnet, ses visiteurs éloignés, était rentré dans le salon où avait eu lieu cette scène et s'y promenait rêveur, à pas lents. Soudain, il tressaillit: Fernande était à ses côtés. Fernande, calme — en apparence, — presque souriante. Ce sourire réveilla la colère assoupie du gros homme; une colère mêlée d'une secrète joie. N'était-il pas vengé, somme toute? Le hasard sous la forme d'un maître, d'un juge souverain, — sous la forme du mari de Fernande,— ne s'était-il pas chargé de la punir, en l'avilissant?

— Eh bien, s'écria-t-il railleur, vous ne vous attendiez pas à ce coup de théâtre, madame?

— Ni vous non plus, je pense, monsieur?

— Oh! moi, je gagne plus que je ne perds à cet événement. En résumé, je n'avais point de motifs particuliers de haine contre M. Le Guern, et ne pouvais, par conséquent, tenir... à toute force... à lui couper la gorge... Mais vous...

— Moi?

— Vous... dame! je doute que ce monsieur soit très-désireux de vous revoir, à présent, chère amie ; sinon il faudrait donc que son cœur fût pourvu d'une fier dose d'indulgence!...

— Ah! vous croyez... réellement... que les paroles de M. Robert Mesnard ont tué l'amour que M. Christian Le Guern pouvait ressentir pour moi? Alors, si ces paroles ont eu une telle puissance sur l'un, elles l'ont eue aussi sur l'autre, je suppose? Vous non plus, monsieur Despagnet, vous ne m'aimez plus à présent? Vous ne m'aimez plus... parce que vous me méprisez? Eh bien, tant mieux! puisque vous ne m'aimez plus, il vous sera donc d'autant plus agréable de recevoir mon éternel adieu. Adieu.

En prononçant ces mots, Fernande avait tourné brusquement le dos au gros homme et s'était dirigée vers la porte de l'armoire à glace... Mais une main la saisit par le bras.

— Où allez-vous?

— Que vous importe!

— Essayer de revoir M. Christian Le Guern, n'est-ce pas?

— Et pourquoi non, si cela m'amuse? Qui donc a le droit, à cette heure, de s'opposer à mes volontés?

— Misérable!

— Oh! pas de cris, pas d'injures, je vous en supplie, cher monsieur! Et d'abord, faites-moi l'amitié de ne pas m'enfoncer vos gros doigts dans le bras. Vous êtes très-fort, je vous l'accorde, mais ce n'est pas un motif pour me briser les membres, cela. Que me voulez-vous? vous ne m'aimez plus... moi, je ne vous ai jamais aimé, — je suis franche, vous voyez? — nous nous séparons... quoi de plus simple! Après? Ah! les sacrifices que vous avez faits pour moi, que vous regrettez, sans doute; qu'à cela ne tienne, je ne demande pas mieux que de vous rendre ce que vous m'avez donné. Dans une heure, j'aurai quitté mon appartement en vous y laissant un écrit par lequel je déclarerai que tous les meubles de cet appartement sont votre propriété. Êtes-vous content ainsi?

Un rugissement sourd jaillit de la poitrine de M. Despagnet. Sa main — étau vivant — avait cessé de comprimer le bras de la jeune femme, mais il demeurait devant elle, de façon à l'empêcher de passer.

— Vous voulez donc absolument que je commette un crime, Fernande? balbutia-t-il.

Elle haussa les épaules.

— Un crime? fit-elle, quel crime? Ah! vous avez envie de m'assassiner, peut-être? Eh! eh! monsieur Despagnet, négociant en vins, assassinant sa maîtresse parce qu'elle veut se séparer de lui. Très-joli! Eh bien! tuez-moi, mon cher ; oh! cela ne vous donnera pas grand'peine. D'un coup de poing vous m'aurez tout de suite assommée! Allons!

— Fernande!

Il était à ses pieds.

— Qu'est-ce?

— Ne me quittez pas!

— Mais puisque vous ne m'aimez plus!

— Mais je n'ai pas dit que je ne t'aimais plus, Fernande! Je t'aime, entends-tu? je t'aime toujours! je t'aime plus que jamais! Oh! je suis un lâche, oui, un lâche, mais tant pis! Qu'est-ce que je deviendrais donc sans toi, mon Dieu! Qu'est-ce que je deviendrais? Tout ce que tu voudras, tiens, tout ce que tu ordonneras plutôt que d'être obligé de renoncer à toi... plutôt que de ne plus voir tes grands beaux yeux, ta petite bouche... de ne plus sentir ta main mignonne... dans mes *gros* doigts! — Oh! je ne te fais pas mal, à présent, méchante, je ne te serre pas trop fort! — Fernande, ma Fernande, j'en conviens, tu es trop jeune et trop belle et je suis trop laid et trop vieux pour que tu me sois fidèle... mais je t'aime tant... pourquoi m'abandonnerais-tu... tout à fait? Je t'ai dit d'ordonner... ordonne. Faut-il que je parte? faut-il que j'aille attendre à Fontainebleau que tu me rappelles? Tu voudrais revoir ce jeune homme... tu l'aimes, celui-là... et tu espères...— et tu as tort d'espérer, je crois!... non, non, tu n'as pas tort, ne te fâche pas! — Eh bien, je vais me sauver, tu entends? je vais me sauver: et si... si... enfin, s'il ne consentait pas à t'aimer, lui... un mot de ta main et j'accourrai... et je ne t'adresserai jamais un reproche, je te le promets! jamais! Veux-tu, dis? hein?

Jusqu'à quel incroyable degré de bassesse l'amour peut-il faire tomber un vieillard? Et pourquoi dis-je: un vieillard? L'amour se soucie-t-il de l'âge de ceux qu'il torture? A vingt ans comme à cinquante, quel homme peut se vanter d'être capable de résister à une femme adorée? La raison nous dit: « Sottise! » mais la passion nous dit: « Bonheur! » Bonheur amer, honteux quelquefois, soit! nous fermons les yeux, et nous nous laissons entraîner par la passion.

Fernande regarda en face M. Despagnet.

— Je vous demande huit jours, dit-elle.

— Huit jours, répéta-t-il; pourquoi huit jours?

Il ne se rappelait plus ce qu'il venait de lui offrir, lui-même, de son plein gré; — on oublie vite ce qui vous coûte. Elle eut un geste d'impatience; il se souvint.

— Ah, oui, oui! s'écria-t-il. Huit jours! tu désires être libre pendant huit jours?

— Entièrement libre. Vous allez retourner à Fontainebleau à l'instant.

— A l'instant.

— Et si... d'ici huit jours.... il n'y a rien de changé dans mon existence...

— Tu me rappelleras?

— Oui.

— Tu le jures?

— Je le jure.

— Mais si...

— Oh! si les événements nous séparent, vous le verrez bien! Préférez-vous nous séparer tout de suite? je suis prête.

— Non, non! je t'obéis... je pars! Adieu... au revoir, j'espère!

— Oh! je ne vous empêche pas d'espérer!

Fidèle à sa parole, quelques minutes plus tard M. Despagnet s'éloignait. De son balcon, Fernande put voir son vieil amant descendre la rue Saint-Georges et disparaître, sans avoir retourné une fois la tête, dans une des rues adjacentes. Et Christian? il avait reçu sa lettre, qu'allait-il faire? Fernande ne se dissimulait pas qu'elle avait peu de chances de revoir le jeune homme. Si *négligemment* qu'elle ait pratiqué ses lois, une femme a toujours le vague instinct de l'honneur. Il m'aime, il doit m'aimer encore! se disait-elle, mais comme il me méprise plus qu'il ne m'aime, maintenant il partira. »

Une heure, deux heures, trois heures s'écoulèrent. La fenêtre de Christian sur laquelle Fernande reportait, de minute en minute, ses regards anxieux, continuait de demeurer close... Il n'était pas chez lui, sinon, la voyant — il l'eût vue à travers ses rideaux — il n'eût pas eu le courage de rester invisible, lui! Tout d'un coup, elle frissonna de joie. Oh! une joie qui ne dura guère plus que ne dure un éclair! La fenêtre s'était ouverte. Mais ce n'était pas Christian qui s'était montré sur le balcon, c'était Pascal Mignot. Pascal Mignot, la casquette posée de côté sur le chef, la pipe aux lèvres, et fredonnant, d'une voix moqueuse, ce refrain, d'une poésie douteuse, que nous le soupçonnons d'avoir improvisé, paroles et musique, tout exprès pour la circonstance:

Il court encore, il est parti,
Le chéri!
Quand il reviendra,
Landérira,
Il fera plus chaud qu'aujourd'hui!
Landériri.

Oh! si les yeux de Fernande eussent été des pistolets! pauvre Pascal Mignot! Elle était rentrée vivement dans sa chambre, et, pleurant... — elle pleurait! des larmes de crocodile, — elle répétait, en frappant avec fureur ses petits poings crispés l'un contre l'autre: « Parti! parti!... Il est parti; il est parti! »

Mon Dieu, oui, madame; quelques instants après avoir reçu votre billet, et tandis que vous dictiez des conditions à ce bon M. Despagnet, Christian, sans prendre le temps de faire ses malles, s'était, en compagnie de son ami Pascal Mignot, dirigé vers la gare du chemin de fer de l'Ouest!... Il roulait en ce moment dans la direction de Château-Giron, madame. Une retraite, tout simplement, que Christian avait opérée là. Et il n'y a pas de honte! Tout le monde sait qu'il est des retraites qui valent des victoires.

XIII

BAISERS D'ENFANTS.

Un dernier mot, avant de clore cette histoire, sur un de ses personnages qui ont peut-être excité l'intérêt du lecteur. Nous voulons parler de Robert Mesnard.

En quitant Christian Le Guern et Pascal Mignot, Robert Mesnard était monté dans une voiture qui l'avait conduit chez lui. Arrivé chez lui, l'artiste se renferma dans son cabinet. A l'heure du déjeuner, ne le voyant pas paraître, Marthe se rendit près de Robert. Dès le premier regard jeté sur son ami, l'amie s'aperçut qu'il était sous le coup de quelque immense douleur. Ses traits étaient altérés; ses yeux, cerclés de noir, étincelaient de fièvre.

— Qu'y a-t-il donc? demanda-t-elle Qu'avez-vous, Robert?

Il hésita. Mais la voix qui l'interrogeait était si affectueuse!

— Je m'étais promis de ne rien vous dire, ma chère Marthe, fit-il. A quoi bon vous attrister par le récit d'une nouvelle turpitude! Mais...

— Vous l'avez revue?

— Non. On m'a parlé d'*elle*.

— Où cela? comment?

Robert raconta tout. Marthe l'écouta sans l'interrompre; quand il eut achevé :

— Pauvre ami! dit-elle en serrant dans ses mains les mains brûlantes du peintre.

Quelques heures plus tôt, on se le rappelle, Pascal Mignot avait dit, lui : « Pauvre Robert! Il aime encore cette femme, le malheureux! » Pascal Mignot avait donc dit juste? Il y eut un silence, puis Marthe reprit, d'un ton décidé :

— Il faut en finir, Robert; c'est assez, c'est trop de souffrir loin d'*elle*, vous ne devez pas rester exposé à souffrir encore, chaque jour, par *elle*. A combien se monte votre fortune, aujourd'hui, mon ami?

Il sourit tristement.

— Ma *fortune!* répliqua-t-il. Je possède une centaine de mille francs, pas davantage.

— Eh bien, cent mille francs, n'est-ce pas suffisant pour vivre à la campagne?

— Sans doute, avec de l'ordre, de l'économie. Mais mon fils, mais votre fille, Marthe?

— Nous les garderons deux ou trois ans près de nous, puis nous les mettrons, Paul au collège, Julia dans un pensionnat.

— Oui, et, du moins, moi, dans un village, loin, bien loin de Paris, je ne risquerai plus... Oh! Marthe, n'est-il pas vrai que c'est bien niais, bien lâche de ma part de?... Si vous saviez ce que j'ai ressenti au fond de l'âme, tandis que ce Christian Le Guern me disait ses amours avec *elle!* Et cet autre... ce M. Despagnet... un hommme de cinquante ans, laid, commun, qui...

— Assez, mon ami! Voyons, demain nous mettrons nous en route pour choisir le coin où nous nous cacherons? — Demain, soit! Oui, demain!

A ce moment, le petit Paul et la petite Julia entraient, à leur tour, dans le cabinet de l'artiste.

— Laissez-nous, enfants! commanda Marthe.

Obéissant, bien qu'à regret, ils allaient s'éloigner, mais Robert fit un geste.

— Non, dit-il, venez... venez tous les deux.

Ils étaient sur ses genoux.

— Embrassez-moi, poursuivit le mari de Fernande, embrassez-moi... comme vous m'aimez.

Une pluie de baisers...—de ces bons baisers que savent seuls donner ces jeunes et fraîches lèvres que n'a pas encore souillées le mensonge—inonda le visage de Robert.

—Tiens! s'écria Julia, on dirait que tu pleures, petit père?

— Oui, fit Paul, tu pleures! Pourquoi pleures-tu, papa?

Robert souriait à travers ses larmes.

— Parce que je suis content de vous, chers anges, repartit-il, parce que vous m'avez bien embrassé... si bien que vous avez chassé de mon esprit une mauvaise pensée!

— Une mauvaise pensée! tu as des mauvaises pensées, toi, petit père! reprit Julia. Oh! ce n'est pas vrai! C'est pour rire que tu dis cela! N'est-ce pas, maman, que papa ne peut rien penser que de bon et de gentil?

Marthe ne répondit pas; elle s'était détournée pour cacher son émotion. Elle avait compris ce que Robert voulait dire, elle!

— Allons! fit-il, allons déjeuner, petits; il est temps!

M. Paul et mademoiselle Julia dégringolaient l'escalier pour gagner la salle à manger.

— Non, Marthe, poursuivit Robert, non, je ne sacrifierai pas l'avenir de ces enfants à une vaine douleur! Je me dois à mon fils, à votre fille; je veux que mon fils et votre fille soient riches... je puis les faire riches par mon travail...

Je souffrirai, s'il le faut, mais du moins ceux que j'aime seront heureux par moi!...

Pendant que Robert s'exprimait ainsi, Fernande, à son balcon, pâlissait de colère en entendant Pascal Mignot lui chanter, entre deux bouffées de tabac:

Il court encore, il est parti,
Le chéri!
Quand il reviendra,
Landerira,
Il fera plus chaud qu'aujourd'hui!
Landeriri.

XIV

ÉPILOGUE

Le 10 novembre 1866, on célébrait dans la vieille église Saint-Pierre, à Rennes, le mariage de M. Christian Le Guern et de mademoiselle Edmée Lamorère. Pascal Mignot assistait à cette cérémonie. Invité par Christian, à son départ de Paris, à venir passer la fin de l'automne en Bretagne, Pascal Mignot était débarqué, la veille du mariage, à Château-Giron. Début de la conversation de nos deux amis, en se revoyant, pour servir de dénouement à cette histoire:

— Vous voilà, mon cher Pascal. Que vous êtes aimable!... Et cette santé?...

— Excellente! Il y a plus de quinze jours que je n'ai souffert!... Aussi je devenais trop caressant; on s'en plaignait au journal, c'est pourquoi j'ai filé. Ici du moins j'ai le droit d'être doux tout à mon aise. — Et quoi de nouveau à Paris? — Où cela? — Robert Mesnard!

— Je ne l'ai pas revu. Je n'ai pas osé le revoir. A quoi bon? Ma visite ne lui eût pas fait grand plaisir après ce qui s'est passé!... Ah! mais... moi qui ne vous criais pas cela tout de suite!... Fernande est partie en Italie, la semaine dernière, en compagnie de M. Despagnet.

— De M. Despagnet?

— Et puis, vous êtes surpris que la jolie blonde se soit raccommodée avec ce monsieur? Vous n'avez pas voulu d'elle... elle a *revoulu* de lui!... Et lui, trop content d'être *pardonné*, va lui acheter le Vésuve, si elle le désire, pour monter en épingle!—Infortuné M. Despagnet!

— Peuh!... Un négociant en vins... de Fontainebleau! Et vous... vous n'avez jamais entendu parler de madame Fernande La Fougeraie, *alias* Tricot, depuis votre retour dans vos lares? — Non, mais je n'en ai pas moins failli porter la peine de ma liaison éphémère avec elle.

— Hein? des bavards?...

— Un bavard... ou plutôt une bavarde, et une méchante bavarde — car mon opinion est fixée là-dessus — a adressé une lettre anonyme à mademoiselle Lamorère.

— Une lettre anonyme!... infamie!... Et qu'en est-il résulté?

— Il en est résulté qu'en me remettant cette lettre, mademoiselle Lamorère m'a dit: « Vous avez des ennemis, Christian; c'est un motif pour que votre femme vous aime davantage. »

— Tiens! tiens! pour une demoiselle de province, c'est assez réussi, cela! Et qui soupçonnez-vous d'être l'auteur de l'infamie en question?

— Mon cher Pascal, plus je vais dans la vie et plus je m'affirme dans cette conviction que les antipathies comme les sympathies ont leur raison d'être. Je ne vous nommerai pas la personne que je soupçonne; vous ne la connaissez pas; et puis, à quoi bon? vous pouvez la rencontrer à Paris, et sa vue, au lieu de vous être indifférente, vous serait désagréable comme celle d'une petite laide bête venimeuse... mais...

Nous imiterons la réserve de Christian à l'égard de Pascal; nous laisserons au lecteur le soin de chercher quelle était la petite laide bête venimeuse qui avait écrit, sous le voile de l'anonyme, à Edmée Lamorère, que son futur laissait une maîtresse à Paris. Et nous arrêterons ici l'histoire de Fernande La Fougeraie, *alias* Tricot, cette créature *ni fille, ni femme, ni veuve*... quitte à reprendre, un de ces jours, la suite de cette histoire. Nous rassemblons des documents à ce sujet.

www.ingramcontent.com/pod-product-compliance
Ingram Content Group UK Ltd.
Pitfield, Milton Keynes, MK11 3LW, UK
UKHW022145170726
13837UKWH00004B/1782